KB036936

BESTSELLERWORLDBOOK 07

사람은 무엇으로 사는가

톨스토이 지음 | 김제하 옮김

소담출판사

김제하

부산 출생, 중앙대학교 영어영문학과 졸업.
번역가로 활동 중.

BESTSELLER WORLDBOOK 07

사람은 무엇으로 사는가

펴낸날 | 1991년 6월 1일 초판 1쇄
         2003년 1월 10일 중판 1쇄
         2013년 2월 28일 중판 18쇄

지은이 | 톨스토이
옮긴이 | 김제하
펴낸이 | 이태권
펴낸곳 | (주)태일소담
         서울시 성북구 성북동 178-2 (우)136-020
         전화 | 745-8566~7 팩스 | 747-3238
         e-mail | sodam@dreamsodam.co.kr
         등록번호 | 제2-42호(1979년 11월 14일)
         홈페이지 | www.dreamsodam.co.kr

ISBN 978-89-7381-007-9 00890

What Men Live By

Tolstoi

나는 여러 작가들의
위대하고 풍부한 사상을 살려서
독자 여러분에게
좋은 사상과 감정을 깨우쳐 주는
하루하루의 독서 반려를 보내 드리려고
이 책을 서술했다.

— 톨스토이

What Men Live By

차 례

사람은 무엇으로 사는가

우리가 우리의 형제들을 사랑하므로 사망에서 옮겨 생명의 나라로 들어간 줄을 알거니와 사랑치 아니하는 자는 사망에 거하느니라. ─ 요한 Ⅰ서 3장 14절

누구든지 이 세상의 재물을 가지고 형제의 궁핍함을 보고도 도와줄 마음을 막으면 하나님의 사랑이 어찌 그 속에 거할까 보냐. ─ 요한 Ⅰ서 3장 17절

사랑하는 자녀들아 우리가 말이나 혀끝으로만 사랑하지 말고, 오직 행하는 것과 진실한 것으로 서로 사랑하자. ─ 요한 Ⅰ서 3장 18절

사랑하는 자들아, 우리가 서로 사랑하자. 사랑은 하나님께 속한 것이니 사랑하는 자마다 하나님께로 나서 하나님을 알고. — 요한 Ⅰ서 4장 7절

사랑하지 아니하는 자는 하나님을 알지 못하나니 이는 하나님은 사랑이심이니라. — 요한 Ⅰ서 4장 12절

어느 때나 하나님을 본 사람이 없으되 만일 우리가 서로 사랑하면 하나님이 우리 안에 거하시고, 그에 사랑이 우리 안에 온전히 이루느니라. — 요한 Ⅰ서 4장 12절

하나님은 사랑이시라 사랑 안에 거하는 자는 하나님 안에 거하고 하나님도 그 안에 거하시느니라. — 요한 Ⅰ서 4장 16절

누구든지 하나님을 사랑하노라 하고 그 형제를 미워하면 이는 거짓말하는 자니 보는 바 그 형제를 사랑치 아니하는 자가 보지 못하는 바 하나님을 사랑할 수가 없느니라. — 요한 Ⅰ서 4장 20절

1

한 구두 수선공이 부인과 자식들과 함께 어느 농가에 세들어 살고

있었다. 이 구두 수선공은 자기 집도 땅도 없었으며, 오로지 구두 수선으로 겨우겨우 가족을 돌보고 있었다. 빵 값은 비싸고 수선료는 싸기 때문에 버는 것은 모두 먹는 것으로 들어가는 형편이었다.

이 구두 수선공은 부인과 둘이서 하나밖에 없는 모피(毛皮) 외투를 서로 번갈아 입었는데, 그것마저도 낡아서 누더기가 돼 버렸다. 그래서 2년 전부터 양가죽을 사들여 새 외투를 만들려고 마음먹고 있었다.

초가을로 접어들자 이 구두 수선공에게도 조금은 여유가 생겼다. 부인의 손지갑 속에는 3루블이 들어 있었고, 또 마을 사람들에게 5루블 20코페이카를 빌려 준 것이 있었다.

그래서 구두 수선공은 이른 아침부터 양가죽을 사기 위해 마을 사람들을 찾아갈 준비를 했다. 그는 식사를 마치자 루바슈카 위에 부인의 면 내의를 껴입고 다시 모직 외투를 걸친 다음, 3루블의 지폐를 주머니에 넣고 나뭇가지로 지팡이를 만들어 마을을 향해 길을 떠나면서 이렇게 생각했다.

'마을 사람들에게 빌려 준 5루블을 받고 주머니에 있는 3루블을 보태어 새 외투를 만들 양가죽을 사는 거야.'

구두 수선공은 마을에 이르러 한 농부의 집을 찾아갔다. 그러나 주인은 출타 중이었다. 그의 부인은 일주일 안으로 돈을 보내겠다고 약속했을 뿐이었다. 또 다른 집을 찾아갔으나 그 농부도 지금은 돈이 한푼도 없다고 하나님께 맹세하면서 장화 수선비라고 20코페이카를 줄 뿐이었다. 구두 수선공은 할 수 없이 가죽을 외상으로 사려고 했으나 가죽 장수는 외상을 주려고 하지 않았다.

"돈을 가져와요. 돈만 가져오면 마음에 드는 것으로 줄 테니까. 외상이라면 얼마나 어려운지, 진절머리가 나요."

이렇게 해서 구두 수선공은 겨우 수선비 20코페이카와 어느 집에서 낡은 털 장화 수선하는 일을 얻었을 뿐 빌려 준 돈은 받지 못하고 그냥 집으로 돌아가게 되었다.

구두 수선공은 기분이 상하고 힘이 빠져 20코페이카를 몽땅 털이 술을 마셔 버리고 양가죽은 사지 못한 채 집으로 돌아가고 있었다. 집을 나설 때에는 좀 추운 것 같았으나 술 한잔을 마시고 나니 모피 외투가 없어도 따뜻했다. 구두 수선공은 한 손에 든 지팡이로 꽁꽁 언 땅을 두드리고, 다른 손에 든 털 장화를 휘두르며 혼자말로 중얼거렸다.

"모피 외투 같은 건 없어도 괜찮아. 술 한잔을 하고 나니 온몸이 후끈후끈하는걸. 가죽옷 따위는 필요 없어. 나란 존재도 귀하단 말씀이야. 그렇고말고. 모피 외투쯤 없어도 살아갈 수 있어. 나에겐 한평생 그런 것은 필요 없어. 그러나 여편네가 가만있지 않을 텐데 정말 골치 아프게 되었군. 나는 죽을힘을 다해 일하는데 언제나 코방귀만 뀌고 있으니 울화가 치민단 말야. 만약 이번에도 돈을 갚지 않으면 그놈의 모자를 빼앗아 버릴 테다. 암 그렇게 하고말고. 그런데 이 무슨 짓들인가? 고작 20코페이카를 주다니! 이걸 가지고 무얼 한단 말인가? 기껏해야 술 한잔 마시면 그뿐인걸. 그래 네 놈들은 어렵다고 엄살을 부리지만 나는 더 죽을 지경이야. 너희들은 집도 있고 가축도 있고 그 외에도 가진 것이 많지만 내게는 고작해야 이 낡은 외투뿐이야. 너희들은 농사를 지어 빵을 얻지만 나는 모든 것을 내가 벌어서 돈을 내고 사야 해. 어떻게 해서라도 일주일에 3루블은 빵 값으로 치러야 돼. 집에 돌아가 빵이라도 떨어졌으면, 당장 1루블 반은 써야 해. 이런 형편이니 제발 너도 내 돈 갚을 생각을 하란 말야."

이렇게 중얼거리면서 이윽고 길모퉁이의 교회 근처까지 왔다. 그때 교회 뒤에서 무엇인가 흰 물체가 보였다. 이미 어두워졌기 때문에 구두 수선공은 가만히 지켜보았지만 그것이 무엇인지 분간할 수가 없었다.

"여기에 저런 돌 같은 건 없었는데. 그러면 가축인가? 짐승 같지는 않은데. 머리는 사람같이 보이는데 사람치고는 너무 하얀 것 같고. 그리고 사람이라면 이런 곳에 있을 리가 없지."

구두 수선공은 좀더 가까이 다가갔다. 그제야 그 물체가 똑똑하게 보였다. 그런데 정말 이상한 일이었다. 그건 사람이 분명한데 죽었는지 살았는지 벌거숭이 알몸으로 그 차디찬 교회 벽에 기대어 앉은 채 꼼짝도 하지 않고 있었다. 갑자기 무서운 생각이 들었다.

"아마도 나쁜 놈들이 저 사람을 죽인 후에 옷가지를 벗기고 여기에다 버린 것이 틀림없어. 가까이에서 꾸물대고 있다가는 나중에 무슨 변을 당할지 알 수 없는 일이야."

그래서 그는 그 옆을 그냥 지나쳐 갔다. 교회 모퉁이를 돌아가니 그 사나이는 보이지 않았다. 교회를 지나 한참을 걸어가다가 뒤를 돌아보니 사나이가 벽에서 몸을 일으켜 움직이고 있었다. 무슨 동정을 살피고 있는 것 같았다. 구두 수선공은 더욱 겁이 나서 이런 생각이 들었다.

'가까이 가 볼까, 그대로 지나가 버릴까? 만일 가까이 갔다가 재수 없게 무슨 변을 당할지도 몰라. 저놈의 정체를 모르지 않은가? 좋은 일을 하고야 이런 곳에 왔을 리는 만무하고. 곁에 다가가면 갑자기 달려들어 목을 조를지도 모르지. 그렇게 되면 나는 끝장이야. 비록 목을 조르지 않더라도 결국은 귀찮은 일을 당할 게 뻔하지. 저 사나이는 분명 알몸인데, 내가 입고 있는 것을 몽땅 벗어 줄 수도 없고. 아! 하나님 제발 무사히 지나가게 하여 주소서!'

그렇게 구두 수선공은 걸음을 재촉했다. 교회를 어느 정도 벗어나게 되자 갑자기 양심의 소리가 들려 오기 시작했다. 그래서 걸음을 멈춰 서서 중얼거렸다.

"세몬! 도대체 너는 무엇을 망설이는 거냐? 사람이 저렇게 죽어가고 있는데, 너는 겁을 먹고 슬그머니 도망치려 하다니. 네가 대단한 부자인가? 빼앗길 만한 물건이라도 있단 말인가? 그건 좋지 않은 짓이야, 세몬."

결국 구두 수선공은 발길을 되돌려 그 사나이에게 다가갔다.

2

구두 수선공이 사나이에게 가까이 다가가서 자세히 살펴보니 그는 젊고, 힘도 있는 것 같고, 몸에는 아무런 상처도 없었다. 그러나 추위 때문에 몸이 얼어 몹시 겁을 먹고 있는 듯했다.

그는 벽에 기대어 앉은 채 세몬 쪽을 보려고도 하지 않았다. 너무 지친 나머지 눈을 들어 쳐다볼 수도 없는 형편이었다. 하지만 세몬이 더욱 가까이 다가가자, 그제야 고개를 들고 세몬을 바라보았다. 사나 이의 눈이 세몬과 마주치자 세몬은 사나이에 대한 동정이 솟아났다. 그래서 손에 들었던 털 장화를 땅바닥에 집어 던지고 허리띠를 풀어 장화 위에 놓고는 급히 외투를 벗었다.

"이러고 있으면 어떻게 되는 줄 알아! 빨리 이것을 입어요. 자아!" 세몬은 양팔로 사나이를 부축하여 일으켰다. 사나이는 겨우 일어났 다. 자세히 살펴보니 키도 훤칠하고 몸과 손도 깨끗하고, 온화해 보 이는 얼굴이었다. 세몬이 그의 어깨에 긴 외투를 걸쳐 주었으나 팔이 소매에 잘 끼워지지 않았다. 세몬은 소매를 끼워 주고 옷자락을 이리 저리 당겨 허리띠까지 매어 주었다.

세몬은 자기가 쓰고 있던 낡은 모자도 벗어 떨고 있는 젊은이에게 씌워 주려고 벗었더니 머리가 차가웠기 때문에 "나는 머리가 벗겨졌 지만 이 젊은이는 머리숱이 많으니까." 하고 모자를 다시 썼다.

"그보다는 장화를 신겨 주는 편이 훨씬 낫겠지."

그래서 세몬은 젊은이를 다시 앉히고 털 장화를 신겼다. 그러고 나서 말했다.

"젊은이! 왜 말이 없나? 이런 곳에서 겨울을 날 셈인가? 날씨가 추우니 빨리 집으로 가야지. 걸을 힘이 없는가? 자, 여기 내 지팡이가 있으니 짚고 걸어요. 자, 기운을 내요!"

그러자 사나이는 걷기 시작했다. 별로 힘들지 않게 잘 걸었다. 두 사람이 걷기 시작했을 때 세몬이 말을 꺼냈다.

"자네는 대체 어디서 왔는가?"

"저는 이 고장에 사는 사람이 아닙니다."

"이 고장 사람들은 내가 다 알지. 그런데 왜 이런 곳에 왔나? 더구나 교회 모퉁이에 왜 이러고 있는 건가?"

"그 이유는 말씀드릴 수 없습니다."

"틀림없이 못된 놈들에게 봉변을 당했겠지?"

"아닙니다. 그 누구도 저를 해치지 않았습니다. 저는 하나님의 벌을 받은 것입니다."

"물론 모든 일은 하나님의 뜻이니까. 그러나 이제 어디라도 좀 들어가 쉬어야 할 게 아닌가? 대체 어디로 갈 작정인가?"

"갈 곳은 없습니다. 저는 어디든 좋습니다."

세몬은 깜짝 놀랐다. 젊은이는 불량한 사람은 아닌 것 같았고, 말씨도 공손한데 자세한 내막을 말하려 하지 않았다. 세몬은 마음속으로 생각했다.

'세상에는 말못할 사정도 있지.'

그리고 젊은이에게 말했다.

"그러면 우리 집으로 같이 가는 것이 어떤가? 몸을 녹이면 정신도 날 테니까."

세몬이 걷기 시작하자, 이 낯선 젊은이는 조금도 뒤처지지 않고 잘 따라왔다. 찬바람이 세몬의 내의 속을 파고 들어오자, 술이 점점 깨면서 추위를 느끼기 시작했다. 세몬은 코를 씰룩거리며 아내의 속옷 자락을 여미면서 은근히 걱정이 되었다.

'아니 어찌된 외투란 말인가? 양가죽을 사러 갔다가 외투도 없이 돌아가니. 더군다나 벌거숭이 사나이까지 데리고……. 마트료나가 대단히 화를 내겠지.'

마트료나 생각을 하자 세몬의 마음은 갑자기 침울해졌다. 그러나 옆에서 걷고 있는 사나이를 바라보고, 또 교회 모퉁이에서 이 사나이를 처음 발견했을 때 자신을 쳐다보던 눈길을 생각하자 다시 마음이 유쾌해졌다.

3

세몬의 아내는 재빨리 집안일을 마쳤다. 장작을 쪼개고, 물을 긷고, 아이들과 같이 저녁 식사를 끝내고 깊은 생각에 잠겼다. 빵을 언제 굽는 것이 좋을까? 저녁에 할까, 내일 아침에 할까 하고 궁리하고 있었다. 아직 커다란 빵 조각이 남아 있었다.

"세몬이 밖에서 식사를 하고 오면 저녁은 많이 먹지 않겠지. 그러면 내일 아침은 이것으로 충분하겠지."

마트료나는 큰 빵 조각을 만지면서 궁리하였다.

"오늘 저녁에는 빵을 굽지 않아도 되겠다. 밀가루도 조금밖에 없으니 이것으로 금요일까지 먹도록 하자."

마트료나는 빵 굽는 일을 그만두기로 하고 남편의 옷을 깁기 시작했다. 그녀는 바느질을 하면서 남편이 어떤 가죽을 사 올 것인가 생각하고 있었다.

'모피 가게 주인에게 속아넘어가지 않았으면 좋겠는데. 그이는 사람이 워낙 좋아서 알 수 없어. 그이는 절대로 남을 속이지 못하지만 어린애한테도 맥없이 속아넘어가니 믿을 수가 없어. 8루블이라면 적은 액수는 아니니까 그만한 돈이면 좋은 외투를 만들 수 있을 거야. 지난겨울에는 모피 외투가 없어서 얼마나 고생을 했는가? 냇가에도 못 나가고 들에도 못 나갔었지. 오늘만 해도 그렇지. 그이가 옷이란 옷은 모두 입고 나가 버리니 나는 입을 것이 없는 처지야. 그런데 왜 이렇게 늦을까? 벌써 돌아올 시간이 지났는데. 혹시 이이가 그 돈으로 술타령을 하고 있는 것은 아닐까?

마트료나가 마침 그런 생각을 하고 있을 때, 입구의 계단이 삐걱거리면서 누군가가 들어오는 소리가 났다. 마트료나는 바늘을 옷감에 꽂아 놓고 문밖으로 나가니 사나이 둘이 들어서는 것이었다. 남편 곁에는 젊은 사나이가 털 장화를 신고 모자도 없이 서 있었다. 마트료나는 곧 남편이 술을 마셨다는 것을 알아차렸다.

"그러면 그렇지. 술을 마시고 왔군."

남편을 다시 쳐다보니 긴 외투도 입지 않고 속옷 차림에다 빈손으로 서 있었다. 마트료나는 화가 머리끝까지 치밀어 올랐다.

"그 돈으로 몽땅 마셔 버린 거야. 형편없는 이런 건달하고 잔뜩 술을 마시고 또 집에까지 끌고 왔구먼."

마트료나는 두 사람 뒤를 따라 들어가다가 이 낯선 젊은이가 입고 있는 외투가 바로 자신들의 것임을 알았다. 외투 속에는 내의도 입은 것 같지 않았고 모자도 쓰고 있지 않았다. 방안에 들어온 젊은 사나이는 앉지도 않고 그냥 선 채 고개도 들지 않았다. 그래서 마트료나는 분명 이 사람은 무슨 나쁜 일을 저질러 겁을 먹고 있는 거라고 생각했다.

마트료나는 이맛살을 찌푸리며 난롯가에서 물러나 두 사람의 동정을 살펴보기로 했다. 세몬은 모자를 벗고 아무렇지도 않다는 듯이 태연하게 의자에 걸터앉았다.

"이봐, 왜 그러고 있어. 저녁 준비를 해야지."

마트료나는 아무런 대꾸도 않고 그대로 서 있었다. 그리고 두 사람의 눈치를 살폈다. 세몬은 부인이 화가 나 있음을 알고 할 수 없다는 듯이 젊은 사나이의 손을 잡고 말했다.

"자, 앉아요. 저녁 식사를 해야지."

그러자 낯선 사나이는 의자에 앉았다.

"그래 저녁 준비가 안 됐는가?"

마트료나는 마침내 화가 나서 소리를 질렀다.

"안 되긴 왜 안 돼요. 준비는 했죠. 그러나 당신을 위해 준비한 건 아니에요. 그 꼴을 보니 당신은 술만 퍼마시고 다녔군요. 가죽을 사러 간다더니 외투도 없이 빈손으로 돌아오고, 거기다 부랑자까지 데리고 오다니 당신들 같은 주정뱅이에게 줄 음식은 없어요."

"그만해요, 마트료나. 무슨 영문인지 모르면서 함부로 화를 내면 못써요. 그런 말을 하기 전에 어떤 일이 있었는지 알아보는 것이 어때?"

세몬은 긴 외투 주머니에서 돈을 꺼내어 부인에게 내밀었다.

"돈은 여기 그대로 있다고. 하지만 도리포노프는 오늘은 돈이 없다면서 내일 꼭 주겠다고 약속했어."

마트료나는 더욱 화가 났다. 이것이 무슨 일인가. 사 오겠다던 가죽은 사 오지 않고 오히려 하나밖에 없는 외투를 전혀 낯선 사나이에게 입혀 가지고 집에까지 오다니.

마트료나는 탁자 위에 놓인 돈을 간수하면서 말했다.

"저녁은 없어요. 주정뱅이에게까지 신경을 쓰고 싶지 않아요."

"이봐 마트료나, 말조심해요. 우리 사정도 들어 보아야지."

"당신 같은 주정뱅이에게 무슨 말을 들어요. 사실이지 나는 당신 같은 주정뱅이와 결혼할 생각이 없었어요. 그리고…… 어머니가 주신 것들도 술값으로 써 버리더니 이제는 양가죽을 사러 간다더니 그 돈마저도 다 마시고 오는군요."

세몬은 부인에게 자기가 마신 것은 20코페이카밖에 안 된다고 열심히 설명하고, 이 젊은 사나이를 데리고 온 경위도 사실대로 밝히려 했으나 마트료나는 한마디도 못하게 가로막았다. 그녀가 쉴새없이 떠들어대니 세몬이 끼어들 수가 없었다. 10년 전의 일까지 들추어내어 퍼붓고 있었다. 마트료나는 계속 지껄이면서 세몬의 곁으로 달려들어 그의 옷소매를 붙잡고 사정없이 흔들어 댔다.

"내 옷을 내놔요. 하나밖에 없는 내 옷을 빼앗아 입고 염치도 좋지. 이리 내라니까! 정말 못난 인간 같으니라고. 차라리 죽어 버리는 게 낫지."

세몬이 팔을 들어 옷을 벗으려고 하는데 동시에 마트료나가 세차게 잡아당겨 옷의 이음매가 부드득 터졌다. 마트료나는 옷을 빼앗아 입고 문 쪽으로 달려갔다. 그녀는 그대로 나가려고 하다가 문득 발걸음을 멈췄다. 기분은 매우 상하지만 남편이 데리고 온 이 낯선 사나이가 도대체 어떤 사람인지 알고 싶어진 것이다.

4

마트료나는 멈춰 서서 말했다.

"사람이 모자라지 않으면 이렇게 맨발로 있을 리가 없어요. 그런데 이 사나이는 속옷도 입고 있지 않아요. 또 당신도 마찬가지예요. 만일 좋은 일을 했다면 어디서 이 사나이를 끌고 왔는지 왜 똑똑히 말을 못해요?"

"아까부터 그 말을 하려던 참이야. 내가 집으로 돌아오는 길에 이 사람이 교회 벽에 발가벗은 몸으로 쭈그리고 앉아 있었는데 거의 얼어 죽을 지경이 되었더란 말이오. 글쎄 여름도 아닌데 벌거벗은 채로 떨고 있었고. 정말 하나님이 도우신 거야. 내가 그리로 지나왔으니 망정이지 그렇지 않았다면 얼어 죽고 말았을 거요. 사람이 살다 보면 언제 무슨 일을 당할지 알 수 없는 거요. 그래서 내 외투를 입히고 집에까지 데리고 왔지. 마트료나, 당신도 마음을 진정시키고 이 사람의 처지를 한번 생각해 봐요. 사람은 누구나 한 번은 죽는단 말이야."

마트료나는 실컷 욕설을 퍼부으려다 낯선 젊은이를 쳐다보자 말문이 막혔다. 사나이는 의자 끝에 앉아 꼼짝도 않고 죽은 듯이 있었다. 두 손은 무릎 위에 포개고 고개를 가슴께까지 떨어뜨리고 눈을 감고 마치 무엇에 목이 졸리듯 이마를 찌푸리고 있었다. 마트료나가 입을 다물고 조용했기 때문에 세몬은 다시 말했다.

"마트료나, 당신에게는 하나님이 없단 말이오?"

마트료나는 이 말을 듣고 다시 한번 젊은 사나이를 바라보았다. 그 순간 마트료나의 노여움이 차츰 가라앉기 시작했다. 그녀는 문에서 몸을 돌려 난로 옆으로 가서 서둘러 저녁 준비를 시작했다. 탁자 위에 잔을 놓고 크바스(귀리와 엿기름으로 만든 맥주의 일종)를 따르고 남은 빵을 내놓으며 그들에게 말했다.

"자, 식사를 하세요."

세몬은 낯선 사나이를 식탁으로 데리고 갔다.

"앉아요."

세몬은 큰 빵 조각을 잘게 썬 다음 먹기 시작했다. 마트료나는 탁자 한쪽에서 한 손으로 턱을 괴고 낯선 젊은이를 바라보았다. 그러자 마트료나는 이 젊은이가 가엾게 생각되어 계속 돌보아 주고 싶은 마음이 생겼다. 그때 이 젊은이는 갑자기 일그러진 얼굴을 펴고 밝은 표정이 되어 마트료나 쪽으로 눈길을 돌려 싱긋 웃어 보였다. 식사를 마치고 마트료나는 그릇들을 치운 다음 그 낯선 젊은이에게 물었다.

"당신은 대체 어디서 왔어요?"

"저는 이 고장 사람이 아닙니다."

"그러면 왜 그런 곳에 있었죠?"

"그건 말할 수가 없습니다."

"당신이 입고 있던 옷을 누가 벗겨 갔죠?"

"저는 하나님께 벌을 받았습니다."

"그래서 벌거벗은 몸으로 쭈그리고 있었어요?"

"예. 벌거벗은 채로 쓰러져 얼어 죽을 뻔했지요. 그것을 세몬이 보고 불쌍히 여겨 입었던 외투를 벗어 입혀 주고 털 장화를 신겨 집으로 데리고 온 것이지요. 또 여기 오니 아주머니께서 먹을 것과 마실 것을 주셨습니다. 두 분께서는 틀림없이 하나님의 은총을 받으실 것입니다."

마트료나는 일어나 방금 기워 놓았던 세몬의 낡은 내의를 창가에서 가져다가 낯선 젊은이에게 주었다. 또 바지도 찾아서 건네주었다.

"젊은이는 내의도 없는 모양인데 이것을 입고 아무데나 마음에 드는 곳에서 주무세요. 침대 위나 난롯가에서."

젊은이는 외투를 벗고 내의를 입은 다음 침대에 누웠다. 마트료나는 불을 끄고 외투를 집어 남편 곁으로 갔다. 마트료나는 외투 자락을 덮고 눕긴 했으나 좀처럼 잠이 들지 않았다. 낯선 젊은이의 일이 머리에서 떠나지 않았다.

그 젊은이가 마지막 남은 빵을 먹어 버렸으니 내일 아침 먹을 빵이 없다는 것과 내의와 바지를 건네준 걸 생각하니 여간 아쉬운 게 아니었다. 그러나 젊은이가 빙긋 웃던 생각을 하자 가슴이 뭉클해지는 것이었다. 마트료나는 오랫동안 잠을 이루지 못했다. 세몬도 잠을 자지 못하고 외투 자락을 끌어당기고 있었다. 그때 마트료나가 말을 꺼냈다.

"남은 빵을 다 먹어 버렸는데 내일 먹을 것을 준비해 두지 못했으니 어떻게 하면 좋겠어요. 이웃 마나랴 집에서 좀 빌려 올까요?"

"그래, 그게 좋겠군. 어떻게든 굶기야 하겠어."

마트료나는 가만히 누워 생각에 잠겼다.

"그런데 저 사람 나쁜 사람은 아닌 것 같은데 왜 자기 신분을 밝히지 않을까요?"

"글쎄, 말못할 사정이 있겠지."

"세몬!"

"왜?"

"우리는 뭐든지 남에게 도움을 주는데 왜 어느 누구도 우리를 도와주지 않지요?"

세몬은 말이 없었다.

"그런 생각 해봐야 무슨 소용 있어."

그렇게 말하고는 돌아누워 잠이 들었다.

5

다음날 아침, 세몬은 일찍 잠이 깨었다. 아이들이 일어나기 전에 마트료나는 이웃집으로 빵을 빌리러 갔다. 어젯밤에 데리고 온 낯선 젊은이는 낡은 셔츠를 입고 내의를 입은 채 의자에 앉아 천장만 바라보고 있었다. 그의 모습이 어제보다는 한결 밝아 보였다.

"어이! 젊은이, 배는 먹을 것을 원하고 몸은 입을 것이 있어야 하니 벌이를 해야 하지 않겠나. 자네는 무슨 일을 할 줄 아나?"

"저는 아무 일도 할 줄 모릅니다."

세몬은 깜짝 놀라 말을 이었다.

"하겠다는 마음만 먹으면 돼. 사람은 무엇이든 노력하면 할 수 있는 거야."

"그러지요. 모두들 일하니까 저도 하겠습니다."

"그리고 자네 이름은?"

"미하일이라고 합니다."

"이봐 미하일, 자네는 신분에 관한 이야기는 하기 싫은 모양인데 그건 아무래도 좋네. 굳이 들어야 할 이유도 없으니까. 그러나 자기 몫은 해야 돼. 내가 시키는 일을 하겠다면 우리 집에 있어도 좋아. 괜찮은가?"

"감사합니다. 열심히 일을 익히겠습니다. 무슨 일이든 가르쳐 주십시오."

세몬은 실을 손가락에 감아 실 꾸러미를 만들기 시작했다.

"별로 어려운 건 아니야. 잘 보라고."

미하일은 그것을 자세히 들여다보더니 쉽게 익혀 가지고 손가락으로 실을 꼬았다. 세몬은 그에게 가죽을 잇는 일을 가르쳤다. 미하일은 이 역시 금방 익혔다. 그 다음, 주인은 실 속에 단단한 실을 끼워 넣는 일과 가죽 깁는 방법을 가르쳤다. 미하일은 이것도 이내 익혔다.

세몬이 어떤 일을 가르쳐도 즉시 터득하여 사흘 만에 마치 벌써부터 구두 수선일을 한 사람처럼 능숙하게 처리했다. 그는 몸을 아끼지 않고 일했고 또 조금밖에 먹지 않았다. 한가할 때라도 말을 하거나 웃거나, 또는 밖으로 나가는 일은 좀처럼 없었다.

미하일이 유일하게 웃었던 일은 마트료나가 그를 위해 저녁 식사 준비를 하던 첫 대면의 순간뿐이었다.

6

날이 가고 달이 가고, 그렇게 해서 일년이란 세월이 흘렀다. 미하일은 여전히 세몬의 집에서 부지런히 일했는데 세몬의 직공으로서 인기가 높아서 미하일만큼 튼튼하고 멋있는 구두를 만드는 사람은 없다고 소문이 돌자 이웃 마을에서까지 주문이 밀려들어 세몬의 수입은 점점 늘어갔다.

어느 겨울날, 세몬이 미하일과 함께 일을 하고 있는데 방울 소리가 요란하게 들리더니 집 앞에 삼두마차가 멈췄다. 창문으로 내다보니 마차가 집 앞에서 멈추고 젊은 사람이 마부석에서 뛰어내려 마차의 문을 열었다. 그러자 마차 안에서 모피 외투를 걸친 점잖은 신사 한 분이 나왔다.

그 신사는 세몬의 가게를 향해 층계를 올라왔다. 신사가 문 앞에 이르자 마트료나가 달려나가 문을 열었다. 신사는 허리를 구부리고 들어와 다시 허리를 폈는데, 아주 키가 커서 머리가 천장에 닿을 정도이고 몸집도 방안을 채울 만큼 거대하였다.

세몬은 일어나 인사를 했으나 신사의 큰 몸집에 어안이 벙벙해졌다. 이제까지 이런 사람을 본 적이 없었다. 세몬은 몸이 마르고 키가 호리호리한 체격이었다. 미하일 역시 깡마른 편이며 마트료나도 마치 마른 나뭇가지처럼 말랐는데, 이 신사는 딴 세상에서 온 사람처럼 얼굴은 붉고 윤기가 돌며 목은 황소처럼 굵은 것이 마치 몸 전체는 무쇠로 만들어진 것 같았다. 신사는 크게 숨을 내쉬더니 모피 외투를 벗은 후 의자에 앉아 다음과 같이 말했다.

"이 가게 주인이 누군가?"

세몬이 나서며 말했다.

"네, 제가 주인입니다, 손님."

그러자 신사는 큰 소리로 하인에게 말했다.

"폐지카, 그것을 이리 가져와!"

젊은이가 달려가서 무슨 꾸러미를 가지고 왔다. 신사는 그것을 받아 탁자 위에 놓고 "풀어라." 하고 젊은이에게 명령했다.

젊은이가 보따리를 풀었다. 그것은 가죽이었다.

신사는 가죽을 손가락으로 찌르며 세몬에게 말했다.

"주인, 이게 대체 어떤 물건인 줄 알겠나?"

"네, 알겠습니다."

"이봐, 이 가죽을 정말 안단 말인가?"

세몬이 가죽을 만져 보고 대답했다.

"아주 좋은 가죽입니다."

"그야 물론 좋은 가죽이지. 자네 같은 친구는 한 번도 보지 못했을 걸. 독일제 가죽인데 20루블이나 주었다고."

세몬은 겁먹은 표정으로 대답했다.

"저 같은 놈은 구경도 못했습니다."

"그야 그렇겠지. 그러면 이 가죽으로 내 발에 꼭 맞는 구두를 지을 수 있겠나?"

"네, 지을 수 있고말고요."

신사는 갑자기 큰 소리를 질렀다.

"지을 수 있다고! 자네는 먼저 누구의 구두를 만드는지, 어떤 가죽으로 만드는지 똑똑히 알아야 해. 나는 일년을 신어도 상하지 않고 모양도 일그러지지 않는 구두를 원한단 말이야. 그러니까 자신이 있으면 재단을 하고 그렇지 않으면 아예 처음부터 손을 안 대는 것이 좋아. 여기서 미리 말해 두지만, 만일 구두가 일년이 못 되어 일그러지거나 파손되는 날이면 자네를 감옥에 보낼 테야. 반면, 일년이 지나도 이상이 없으면 수공비로 10루블을 지불하겠다."

세몬은 잔뜩 겁이 나서 대답을 못하고 미하일 쪽을 돌아보았다. 그리고 미하일의 옆구리를 찌르면서 의논을 했다.

"이봐 미하일, 어떡하지?"

미하일은 그 일을 맡으라는 시늉으로 고개를 약간 끄덕였다. 세몬은 미하일의 뜻에 따라 신사의 주문을 받아들여 일년을 신어도 일그러지지 않고, 상하지도 않는 구두를 만들기로 하였다. 신사는 하인을 불러 왼발의 신을 벗기게 하고 다리를 쑥 내밀었다.

"치수를 재게!"

세몬은 50센티미터 정도 길이의 종이를 잘라 붙여 자리를 펴고 무릎을 꿇고 신사의 양말을 더럽히지 않게 손을 닦고 종이를 가지고 치수를 재기 시작했다. 세몬은 발바닥을 재고 이어 발등을 잰 다음 종아리를 재려고 했으나 종이의 양 끝이 닿지 않았다. 신사의 종아리는 통나무만큼 굵었기 때문이었다.

"잘해. 종아리께가 꼭 끼지 않게 주의해!"

세몬은 다른 종이를 덧붙였다. 신사는 의젓하게 앉은 채 양말 속의 발가락을 움직이면서 주위를 둘러보다가 미하일을 보았다.

"저 사람은 누구인가?"

"저 사람은 우리 가게의 뛰어난 직공으로 나으리의 신을 짓게 될 사람입니다."

신사는 미하일에게 말했다.

"분명히 알아두라고. 일년 동안은 탈이 나지 않는 구두를 만들어야 해."

세몬도 미하일을 돌아보았다. 그런데 미하일은 신사의 얼굴을 보지도 않고 그 뒤의 한구석을 바라보고 있었다. 마치 누군가를 알아내려고 유심히 살피는 표정이었다. 미하일은 한참 동안을 그런 모습으로 있더니 갑자기 빙긋 웃으면서 얼굴이 환하게 밝아졌다.

"이봐, 뭘 보고 싱글거리고 있어. 이 바보 같은 녀석아! 주의해서 기한 내에 구두를 만들어 내야 한단 말이야."

그러자 미하일이 대답했다.

"네, 기한 내에 만들어 놓겠습니다."

"그걸 잊지 말라고."

신사는 구두를 신고 모피 외투를 걸친 후 출구 쪽으로 걸어갔다. 문을 나갈 때 허리를 굽히지 않았기 때문에 이마를 세게 부딪혔다. 신사는 화를 내며 분통을 터뜨리더니 이마를 문지르며 마차를 타고 떠났다. 신사가 사라지자 세몬이 말했다.

"정말 굉장한 몸집을 가진 분이야. 저 정도면 죽으려 해도 죽을 것 같지 않은데. 그렇게 세게 이마를 부딪혔는데도 별로 아프지 않은 표정이던걸."

마트료나가 이어 말했다.

"그렇게 호강을 하고 사는데 몸이라고 안 크겠소. 그처럼 크고 튼튼한 사람에게는 사신(死神)도 접근하지 않거든요."

7

세몬이 미하일에게 말했다.

"일을 맡기는 했으나 걱정이야. 만일 잘못되는 날이면 꼼짝없이 감옥에 가는 거야. 가죽은 비싸고 손님은 사나워 만에 하나 실수라도 하면 큰일이야. 이봐 미하일, 자네는 눈도 밝고 솜씨도 좋으니까 이 치수대로 재단을 하게. 나는 가죽을 꿰매겠네."

미하일은 시키는 대로 신사가 가져온 가죽을 탁자 위에 펴놓고 가위를 가지고 재단하기 시작했다. 마트료나가 미하일 곁으로 가서 재단하는 것을 지켜보다가 깜짝 놀랐다. 마트료나도 이제는 구두 만드는 일에는 상당히 익숙해 있는데, 미하일은 신사가 주문한 모양과 다르게 가죽을 재단하고 있었던 것이다. 마트료나는 주의를 주려고 하다가 다시 생각했다.

'내가 그분의 장화를 어떻게 만들어야 한다는 얘기를 잘못 들었는지도 몰라. 미하일이 나보다 더 잘 알고 있겠지. 괜히 간섭했다가는 망신당할지 모르지.'

미하일은 재단을 마치고 꿰매기 시작했는데 그것은 장화를 만들 때 꿰매는 두 겹 실이 아니고, 가벼운 슬리퍼를 만들 때 사용하는 한 겹 실로 꿰매고 있는 것이었다.

마트료나는 그것을 보고 다시 한번 놀랐으나 역시 아무 말도 않고 지켜만 보았다. 미하일은 열심히 꿰매고 있었다. 점심 시간이 되었으므로 세몬이 일어나 미하일 쪽을 보니 그 가죽으로 슬리퍼를 만들고 있었다. 세몬은 너무 놀라서 크게 소리를 질렀다.

"아니, 이게 웬일이란 말인가? 미하일은 우리 집에 일년을 같이 있으면서 한 번도 실수한 적이 없었는데, 하필이면 이제 와서 이런 엄청난 실수를 하다니. 손님은 굽이 있는 장화를 주문했는데 이 사람은 슬리퍼 따위를 만들어 버렸으니 가죽마저 못 쓰게 됐지 않아. 그 손님에게 어떻게 변명을 할까? 이 비싼 가죽은 구할 수도 없는데……. 야단났는걸."

그래서 미하일에게 물어 보았다.

"이보게 미하일, 대체 어찌 된 건가? 아니 나를 영 죽일 작정인가? 장화를 주문했는데 자네는 도대체 무엇을 만들어 놓았는가?"

세몬이 너무 기가 막혀 미하일에게 꾸중을 하고 있는데 바깥쪽 문의 고리 소리가 나더니 누군가가 문을 두드렸다. 두 사람이 창문으로 내다보니 누가 말을 타고 와서 문 앞에 서 있었다. 문께로 나가보니 조금 전에 그 신사와 함께 왔던 젊은 하인이었다.

"안녕하시오?"

"예, 어서 오십시오. 무슨 일로?"

"실은 조금 전에 주문했던 장화 때문에 마님의 심부름을 왔지요."

"장화에 관한 일이라고?"

"장화인지 구두인지 이제는 그것이 필요 없게 되었어요. 나으리가 갑자기 돌아가셨어요."

"뭐라고?"

"이곳을 나와 댁으로 돌아가시는 중에 마차에서 돌아가셨습니다. 마차가 집에 도착하여 내려 드리려고 가 보니 나으리 몸이 굳어 있지 않겠습니까? 마차에서 가까스로 끌어내렸지요. 그래서 마님은 나를 되돌려보내면서 '방금 나으리가 주문하셨던 장화는 이제 필요 없으니 그 가죽으로 죽은 사람에게 신기는 슬리퍼를 만들어 오라.'고 말씀하셨습니다. 그래서 이렇게 왔습니다."

미하일은 탁자 위에서 남은 가죽을 챙기고 다 된 슬리퍼를 툭툭 털어 앞치마로 잘 닦아 하인에게 건네주었다. 하인은 슬리퍼를 받고 돌아갔다.

"안녕히 계십시오."

8

미하일이 세몬의 집에 온 지 6년이 되었다. 그래도 여전히 처음이나 다름없이 어디를 가는 일도 없고 쓸데없는 말 한마디도 없었다. 그동안에 그가 웃었던 일은 단 두 번 있었는데 처음은 마트료나가 저녁 식사를 대접해 주었을 때 서로 얼굴을 마주치는 순간이었고, 또 한 번은 장화를 주문하러 왔던 신사를 보았을 때다. 세몬은 자기 직공에게 만족하며 대견해하고 있었다. 그는 이제 미하일이 어디서 왔느냐고 묻지도 않았고, 혹시 미하일이 나가 버리지나 않을까 걱정하고 있었다.

어느 날, 온 식구가 집 안에 모여 있었고 마트료나는 냄비를 화덕에 올려놓고, 아이들은 의자를 넘어다니며 창밖을 내다보기도 했다. 세몬은 창가에서 열심히 구두를 꿰메고, 미하일은 다른 창가에서 구두 뒤꿈치를 만들고 있었다.

그때 사내아이가 의자를 넘어 미하일에게 와서 어깨를 흔들면서 창밖을 가리키며 말했다.

"미하일 아저씨, 저것 좀 보세요. 어떤 아주머니가 여자 아이 둘을 데리고 우리 집으로 오는 것 같아요. 한 아이는 절름발이야!"

사내아이가 말하자 미하일은 갑자기 하던 일을 멈추고 창밖으로 돌아앉아 유심히 바라보았다.

세몬도 미하일의 태도에 놀랐다. 여태까지 밖을 내다보거나 한눈을 파는 일이 거의 없었는데 오늘따라 창에 얼굴을 바짝 붙이고 무엇을 정신없이 바라보고 있었다.

세몬도 이상해서 하던 일을 멈추고 창밖을 내다보니 정숙한 옷차림을 한 여자가 모피 외투를 입고 두꺼운 목도리를 한 두 여자 아이의 손을 잡고서 자기 집을 향해 오고 있었다. 두 여자 아이는 얼굴이 너무나 닮아 구별할 수가 없었다. 그러나 한 아이는 다리를 조금 절룩거렸다.

부인은 층계를 올라와 문을 열고 두 여자 아이를 먼저 들여보내고 자기도 따라 방으로 들어왔다.

"안녕하세요!"

"어서 오십시오. 무슨 일로 오셨죠?"

여인은 탁자 옆에 앉았다. 두 여자 아이는 그녀의 무릎에 매달리며 낯설어하는 눈치였다.

"이 아이에게 봄에 신길 구두를 맞추려고 합니다."

"아, 그래요. 우리는 그렇게 작은 구두를 만들어 본 적이 없으나 할 수는 있지요. 가장자리에 무늬를 넣은 것도 있고 안에 천을 댄 것도 있는데 어떤 걸로 할까요? 이 미하일이란 사람은 아주 솜씨가 훌륭합니다."

그렇게 말하며 세몬은 미하일을 돌아보니 미하일은 일을 멈추고 두 여자 아이의 얼굴을 바라보고 있었다. 세몬은 이러한 미하일의 태도에 또 한 번 깜짝 놀랐다. 사실 두 아이들은 너무나 예쁜 얼굴들이었다. 눈은 새까맣고 두 뺨은 포동포동하고 불그스레하며, 모피 외투를 입었으며 비싼 목도리를 하고 있었다.

세몬은 미하일이 무슨 까닭으로 저렇게 이 아이들에게 열중하여 바라보고 있는지 도저히 이해할 수가 없었다. 마치 오랫동안 헤어졌던 친구를 만난 것처럼 말이다. 세몬은 이상하게 생각하면서도 돌아서서 부인과 상담을 하고 있었다. 곧 값을 정하고 아이들의 발의 치수를 재려고 하였다. 부인은 다리가 불편한 아이를 무릎에 올려놓으면서 말했다.

"미안하지만 이 아이의 발로 두 사람의 치수를 재셔야 해요. 불편한 발을 먼저 재서 한 짝을 만들고 이쪽의 발의 치수를 똑같이 세 짝을 만들면 돼요. 둘은 쌍둥이기 때문에 발 치수가 같거든요."

세몬은 치수를 잰 다음 한쪽 다리가 불편한 아이를 가리키며 말했다.

"어쩌다가 이렇게 되었습니까! 아주 귀여운 아이인데. 태어날 때부터 이랬던가요?"

"아닙니다. 어머니가 잘못해서 그만……."

이때 마트료나가 끼어들었다. 이 부인과 두 아이에 대해 알고 싶었던 것이다.

"그럼 부인은 이 아이들의 친어머니가 아니신가요?"

"나는 친어머니도 아무것도 아니에요. 아무런 관계도 없지만 내가 맡아서 기르고 있어요."

"그런데도 이렇게 귀여워하시군요."

"예. 친자식은 아니지만 키우다 보면 정이 들지요! 나는 두 아이에게 젖을 먹여 키웠어요. 내 아이도 있었으나 하나님께서 데려가셨지요. 죽은 내 아이는 별로 불쌍하지 않았는데 이 아이들은 정말 가여워서 견딜 수가 없었어요."

"그러면 이 아이들은 뉘 집 자식들입니까?"

9

이 부인은 다음과 같은 이야기를 들려주었다.

"6년 전의 일인데, 이 두 아이는 태어난 지 일주일도 못 되어 고아가 돼 버렸습니다. 아버지는 태어나기 사흘 전에 죽고 어머니는 아이들을 낳은 후 죽었어요. 나와 남편은 이웃에서 농사를 짓고 살았는데 이 아이들의 부모와는 서로 가족처럼 지냈어요. 이 애들 아버지는 숲속에 들어가 혼자서 일을 하였는데, 하루는 큰 나무가 넘어지면서 허리를 때려 정신을 잃었어요. 간신히 집에까지 옮겨왔으나 곧 저 세상 사람이 되었지요. 그런데 그의 아내는 며칠 후에 쌍둥이를 낳았지요. 이 아이들이 바로 그들의 자식이에요. 그러나 몹시 가난한 데다 돌보아 주는 친척도 없이 혼자서 아기를 낳고는 홀로 죽어 간 거예요. 내가 다음날 아침에 어찌 되었나 싶어서 그 집을 찾아가 보았더니 가엾게도 벌써 몸이 식어 있었어요. 그리고 숨이 넘어가는 순간 고통에 몸부림치다가 한 아이를 덮쳐서 한쪽 다리를 못 쓰게 만들었어요. 마을 사람들이 모여들어 시체를 목욕시키고 옷을 입히고 관을 만들어 장례를 치렀지요. 모두들 친절한 사람들이에요. 그러나 갓 태어난 아이들 돌보기가 문제였어요. 정말 난처한 일이었지요. 그곳에 모인 여자들 중에 젖을 먹일 엄마는 나뿐이었어요. 나는 태어난 지 8주밖에 안 된 첫아들이 있었죠. 그래서 내가 일단 두 여자 아이를 맡기로 하고 집으로 데리고 왔어요. 그 다음에 마을 사람들이 모여 '이 아이들을 앞으로 어떻게 하면 좋겠는가?' 하고 여러 가지로 의논했으나 좋은 방법이 없어 결국 나에게 부탁을 하더군요. '마리아 아주머니, 이 아이들을 얼마 동안만 맡아 줘요. 그러면 우리가 곧 다른 대책을 세워 볼 테니까.' 그렇게 해서 나는 두 아이들을 맡았습니다. 그러나 온전한 아이에게만 젖을 먹였습니다. 다리가 불편한 아이에게는 아예 젖을 줄 생각도 안 했지요. 내 생각으로는 그런 상태에서 잘 자랄 수 없다고 지레짐작했기 때문이었지요. 그러다가 갑자기 불쌍한 생각이 들어 같이 젖을 주게 되었어요. 그래서 나는 내 아이와 두 여자 아이, 이렇게 세 아이를 한꺼번에 젖을 먹여 키웠는데, 내가 젊고 아직 기운이 넘치고 음식도 잘 먹었기 때문에 가능했죠. 두 아이에게 함께 젖을 물리고 한 아이가 젖을 놓으면 기다리는 아이에게 젖을 주는 식으로 번갈아 젖을 주며 키웠어요. 그런데 하나님의 돌보심으로 이 두 아이는 아주 건강하게 자라났으나, 내 아이는 2년째 되던 해에 그만 죽고 말았어요. 그 뒤로는 아이를 낳지 못했어요. 그 후 살림 형편은 차츰 나아졌고, 남편은 이곳에서 남의 일을 맡아 보고 있습니다. 그런데 내게는 아이가 없잖아요. 만일 이 두 아이들이 없었다면 나 혼자서 얼마나 외롭고 적적하게 살았겠어요! 내가 이 아이들을 귀여워하는 것은 너무나 당연하지요. 이 아이들은 이제 내게는 촛불과 같은 존재거든요."

부인은 이야기를 마치고 한 손으로 다리가 불편한 아이를 끌어안고 한 손으로는 흐르는 눈물을 닦았다.

마트료나는 한숨을 내쉬며 말했다.

"아이는 부모 없이 자랄 수 있지만, 하나님이 없이는 살아가지 못한다고 하더니 정말 그런가 봐요."

세 사람이 이런 이야기를 계속하고 있는데 미하일이 앉아 있는 구석에서 갑자기 번개 같은 섬광이 비쳐서 온 방이 환하게 밝아졌다. 미하일은 단정히 앉아 두 손을 무릎 위에 놓고 하늘을 바라보면서 빙긋 웃고 있었다.

10

부인이 두 여자 아이를 데리고 돌아가자 미하일은 의자에서 일어나 일감을 탁자 위에 올려놓고 주인 내외에게 공손히 인사를 하면서 말했다.

"이제 작별을 해야겠습니다. 하나님께서 저를 용서해 주셨으니 두 분께서도 제발 용서해 주십시오."

주인 부부가 미하일을 바라보고 있으니 그에게서 눈부신 후광이 비치고 있었다. 세몬도 일어나 미하일에게 절을 하며 인사말을 했다.

"미하일, 이제 보니 자네는 보통 인간은 아닌 것 같은데 자네를 붙잡을 수도 없고 그동안 궁금했던 일들을 일일이 캐물을 수도 없네. 그러나 꼭 한 가지만은 알고 싶네. 내가 자네를 처음 만나 집으로 데리고 왔을 때에는 몹시 어두운 표정을 하고 있었는데, 내 아내가 저녁 준비를 하고 있을 때 자네는 빙긋 웃으며 밝은 표정으로 변했었지. 대체 그 까닭이 무언가? 또 어느 신사가 장화를 주문했을 때도 자네는 웃으면서 밝은 표정을 지었는데, 이번에는 저 부인이 여자 아이들을 데리고 왔을 때에도 똑같이 빙그레 웃었네. 그리고 온몸에서 밝은 빛이 비쳤네. 미하일, 어째서 자네에게서 빛이 나며, 왜 세 번을 빙긋 웃었는지 그 이유를 들려주게나."

그러자 미하일은 비로소 말을 시작했다.

"제 몸에서 빛이 나는 것은 다름이 아니올시다. 저는 지금까지 하나님의 벌을 받고 있었는데 오늘에야 용서를 받았기 때문입니다. 또 세 번 웃었던 것은 하나님께서 말씀하신 세 가지 진리를 알았기 때문입니다. 한 가지 말씀은 아주머니께서 나를 가련하다고 느껴 보살펴

줄 마음이 생겼을 때 깨달음이 있어 웃었고, 또 한 가지 말씀은 부유한 손님이 장화를 주문했을 때에 알게 되어 두 번째 웃었고, 지금 이 아이를 보았을 때 마지막 세 번째 말씀의 뜻을 알게 되어 다시 웃었던 것입니다."

세몬은 다시 물었다.

"미하일, 어째서 하나님이 자네에게 벌을 내리셨는가? 그리고 하나님의 세 가지 말씀의 진의는 대체 무엇이었는가?"

그러자 미하일은 대답했다.

"제가 하나님께 벌을 받은 것은 명령에 따르지 않았기 때문입니다. 저는 원래 천사였는데 하나님의 분부를 어겼습니다. 저는 지금 말씀드린 바와 같이 천사였습니다. 어느 날, 하나님은 제게 한 부인의 영혼을 빼앗아 오라는 명령을 내렸습니다. 그래서 제가 인간 세상에 내려와 그 부인을 보니 아주 몸이 쇠약해서 누워 있었습니다. 그리고 방금 쌍둥이 딸을 낳았던 것입니다. 갓난아이는 어머니 곁에서 움직이고 있었으나, 어머니는 그 아이들을 끌어안고 젖 먹일 힘도 없었습니다. 그때 제 모습을 발견하고 부인은 하나님이 자기를 데리고 갈 사자를 보내신 줄 알고 슬프게 흐느끼며 애원하는 것이었습니다. '천사님! 제 남편은 숲 속에서 혼자 일하다가 나무에 깔려 며칠 전에 장례를 치렀습니다. 나는 형제도 없고 큰어머니도, 또 할머니도 없기 때문에 갓난아이를 돌볼 사람조차 없습니다. 제발 내 영혼을 불러 가지 마시고 이 아이들을 제 힘으로 키우게 해주세요. 부모 없는 아이들은 살지 못합니다.' 그 부인은 울면서 말했습니다. 저는 그 부인의 애원을 듣고 한 아이는 어머니 젖을 물려 주고, 다른 아이는 어머니 팔에 안겨 준 다음에 하늘 나라로 돌아갔습니다. 그리고 하나님께 말씀을 드렸습니다. '하나님! 저는 부인의 영혼을 빼앗아 올 수가 없었습니다. 남편은 숲 속에서 나무에 깔려 목숨을 잃었고, 그의 아내는 쌍둥이 아이를 낳고 기진맥진해서 제발 자기 영혼을 가져가지 말라고 애원하는 것이었습니다. 그래서 저는 부인의 영혼을 거두어 오지 못했습니다.' 그러자 하나님께서 다시 분부하셨습니다. '지금 곧 내려가 부인의 영혼을 거두어라. 그러면 세 가지 말의 뜻을 알게 될 것이다. 즉 인간의 내부에는 무엇이 있는가? 인간에게 허락되지 않는 것이 무엇인가? 사람은 무엇으로 사는가? 이 세 가지를 알게 되는 날에 너는 하늘나라로 돌아올 수 있을 것이다.' 그래서 저는 세상으로 다시 내려와 그 부인의 영혼을 데려갔습니다. 쌍둥이 아이는 어머니 품에서 떨어져 있었으나 영혼이 떠나는 순간 시신(屍身)이 침상에서 떨어지면서 한 아이를 덮쳐 한쪽 다리를 못 쓰게 만들었습니다. 저는 그 마을을 떠나 하늘로 올라가 그 부인의 영혼을 하나님께 바치려고 했는데, 갑자기 돌풍이 일어 저의 두 날개를 부러뜨렸습니다. 그래서 그 부인의 영혼만 하나님 곁으로 올라가고 저는 지상으로 떨어져 쓰러져 있었던 것입니다."

　세묜과 마트료나는 자기들이 먹이고 입혀 주었던 사람이 누구이
며, 함께 살면서 지내 온 사람이 누구인지를 알고서 두려움과 기쁨이
겹쳐 눈물을 흘렸다.

　천사는 다시 말을 했다.

　"저는 벌거벗긴 채 홀로 버려졌습니다. 저는 그때까지 인간 생활의
괴로움도 모르고, 추위나 굶주림 따위도 알지 못했습니다. 배가 몹시
고팠고 몸은 얼어 어떻게 해야 할지를 몰랐습니다. 그때 문득 들판
한가운데 하나님을 섬기는 교회가 서 있는 것을 보고 거기에 은신하
려고 그곳으로 다가갔습니다. 그러나 교회 문이 잠겨 있어서 안으로
들어가지 못하고 바람을 피해 교회 뒤쪽에 앉아 있었습니다. 배고픔
은 더욱 심해지고 몸은 차츰 얼어붙어 저는 완전히 병이 들어 버렸습
니다. 그때 문득 사람의 발소리가 들려 왔는데 한 사람이 장화를 들
고 제가 있는 쪽으로 오면서 혼자 무어라고 중얼거렸습니다. 저는 인
간이 되어서 처음으로 언젠가는 반드시 죽어야 할 인간의 얼굴을 보
았습니다. 그 사나이의 중얼거리는 소리를 자세히 들어 보니 이 추운
겨울을 어떻게 날 것인가, 어떻게 처자식들을 먹여 살려야 할 것인가
하고 걱정하고 있었습니다. 그때 저는 생각했습니다. '나는 지금 추
위와 굶주림 때문에 죽어 가고 있다. 마침 사람이 오고 있으나 그는
자기와 아내의 모피 외투를 어떻게 마련하며 무슨 방법으로 살아가

야 하나 걱정이 태산 같으니 이 사람은 나를 도와 줄 능력이 없다.'
그 사람은 저를 발견했으나 이마를 찡그리고 아까보다 더욱 무서운
모습이 되어 그대로 지나갔습니다. 저는 조그마한 희망마저도 사라
져 버렸습니다. 그런데 갑자기 사나이가 발걸음을 멈추고 뒤돌아 서
서 제게로 오는 소리가 들렸습니다. 제가 다시 그 얼굴을 쳐다보았을
때에는 방금 지나가던 사람의 얼굴이 아니라고 생각했습니다. 아까
는 죽을상을 하고 있었으나 지금은 뜻밖에 밝은 그 얼굴에서 인자하
신 하나님의 그림자가 어리어 있는 것을 보았습니다. 그는 제 곁으로
다가와 입고 있던 옷을 벗어 입혀 주고 자기 집으로 데리고 갔습니
다. 그 사람의 집에 도착하니 한 여인이 우리에게 불친절한 말들을
늘어놓기 시작했습니다. 그 여인은 사나이보다 훨씬 더 무서운 얼굴
이었습니다. 그 입에서 죽음의 독기가 뿜어져 나와 저는 그 입김에
제대로 숨을 쉴 수가 없었습니다. 그녀는 저를 추운 바깥으로 쫓아내
려고 했습니다. 만일 그대로 저를 몰아냈다면 그녀는 당장 죽고 말았
을 것입니다. 저는 그것을 알고 있었습니다. 그러나 남편이 갑자기
하나님에 대해 이야기를 하자 여인은 금세 태도를 바꾸고 부드러워
졌습니다. 여인은 서둘러 저녁 식사 준비를 하면서 저를 쳐다보았을
때 벌써 그 얼굴에는 죽음의 그늘은 사라지고, 생기에 찬 밝은 표정
이었습니다. 저는 거기서 하나님의 모습을 발견한 것입니다. 그때 저
는 '인간 안에 무엇이 있는지를 알게 될 것이다.' 라고 하신 하나님의
첫 번째 말씀의 뜻을 깨닫게 되었습니다. 저는 인간 안에 있는 것은

사랑임을 깨달았습니다. '하나님께서 나에게 약속하신 일을 이런 방법으로 계시(啓示)하시는구나.' 하고 생각하니 더할 나위 없이 기뻤던 것입니다. 그러나 아직 하나님의 말씀 전부를 알 수는 없었습니다. '인간에게 허락되지 않는 것이 무엇인가?', '사람은 무엇으로 사는가?'라는 말씀을 모르고 있었습니다."

천사는 다시 말을 계속했다.

"여러분과 함께 지내게 된 지 어느새 일년이 지났습니다. 그러던 어느 날, 한 사람이 가게에 나타나 일년을 신어도 상하거나 일그러지지 않는 장화를 주문했습니다. 제가 문득 그 사람을 바라보았더니 뜻밖에도 그 사람의 등 위에 제 동료인 죽음의 천사가 서 있는 걸 알아챘습니다. 아무도 그 천사를 볼 수 없었으나 저는 그 천사를 알고 있었습니다. 그의 영혼은 해가 지기 전에 떠날 것을 알았으므로 저는 생각했습니다. '이 사나이는 일년을 신어도 일그러지지 않는 신을 주문하지만, 자기가 오늘 안으로 죽는다는 것을 알지 못하는구나.' 그래서 저는 '인간에게 허락되지 않는 것이 무엇인가?'라는 하나님의 두 번째 말씀의 뜻을 알게 되었습니다. '인간 안에 무엇이 있는가?'는 이미 알았습니다. 그리고 저는 인간에게 허락되지 않는 것이 무엇인지를 깨달았습니다. 그것은 자기 육체에 무엇이 필요한가를 아는 지식입니다. 그래서 저는 두 번째로 빙긋 웃었습니다. 동료 천사를 만난 일도 기뻤던 것입니다. 그러나 아직 한 가지를 알지 못했습니다. '사람은 무엇으로 사는가?'를 깨닫지 못한 것입니다. 그래서 저는 계속 여러분의 신세를 지면서 하나님께서 마지막 말씀의 의미를 깨닫게 해주시기를 기다리고 있었습니다. 그런데 8년째 되던 오늘 쌍둥이 여자 아이를 키우는 여인이 가게를 찾아와 그 아이들을 보는 순간, 어머니가 죽은 후에도 두 쌍둥이가 무사히 살아가고 있다는 것을 비로소 알았습니다. 저는 생각했습니다. '그 어머니가 갓난 아이들을 생각해서 살려 달라고 애원했을 때 나는 그 말을 믿고 아이들은 부모가 없이는 살아가지 못한다고 생각했으나 다른 여자가 엄연히 쌍둥이를 잘 키우고 있지 않느냐.' 그리고 그 부인이 아이들의 성장에 보람을 느껴 감동하는 눈물을 보았을 때 거기서 살아 계신 하나님을 발견했으며 '사람은 무엇으로 사는가?' 라는 말씀도 깨닫게 되었습니다. 하나님께서 마지막 깨달음을 주시어 저를 용서하셨다는 기쁨에 세 번째로 빙긋 웃은 것입니다."

12

그러자 천사의 모습이 드러나면서 전신이 빛으로 둘러싸였으므로 눈을 뜨고 똑바로 볼 수가 없었다. 천사는 커다란 음성으로 말하기 시작했다. 그것은 그가 말하는 것이 아니라 하늘에서 울려 오는 소리 같았다.

"나는 이와 같은 일을 깨달았다. '모든 인간은 자기만을 생각하고 걱정한다고 살 수 있는 것이 아니라 사람에 의해 살아가는 것이다.'

아이들을 낳고 죽어 가던 어머니에게는 자기 아이들의 생명을 위해 무엇이 필요한지를 아는 것이 허락되지 않았다. 또 부자 손님은 자기에게 무엇이 필요한지를 알지 못했다. 사실 어떤 사람에게도 자기에게 필요한 것이 산 사람이 신을 장화인지 죽은 자에게 신기는 슬리퍼인지를 아는 것이 허락되지 않았다. 내가 인간이었을 때에 살아갈 수 있었던 것은 내 자신의 일을 여러 가지로 걱정하고 염려했기 때문이 아니라 길을 가던 한 사람과 그 아내에게 사랑이 있어서 나를 불쌍하게 생각하고 사랑해 주었기 때문이다. 또 두 고아가 잘 자란 것도 그들의 생활을 염려해 주고 걱정했기 때문이 아니라, 타인인 한 여인에게 진실한 사랑이 있어 그 아이들을 동정하고 사랑해 주었기 때문이다. 모든 인간이 살아가고 있는 것은 각기 자신의 일을 염려하기 때문이 아니라 그들 가운데 사랑이 있기 때문이다. 이전부터 하나님께서 인간에게 생명을 부여하고 그들이 잘 살아가기를 바라고 있다는 것을 깨달았지만, 지금 나는 또 다른 한 가지를 알게 되었다. 하나님께서는 인간이 각자 흩어져 무관하게 살기를 원치 않으신다는 것이다. 그러므로 개개의 인간에게 무엇이 필요한가를 보여 주지 아니하시고, 인간들이 하나가 되기를 원하시며, 자신과 모든 인간을 위해 무엇이 필요한가를 계시한 것이다. 나는 이제야 깨달았다. 모든 사람 각자는 자신의 일을 걱정하고 애씀으로 살아갈 수 있다고 생각하는 것은 인간이 그렇게 생각하는 것일 뿐, 실은 오직 사랑에 의해서 살아가는 것이다. 사랑의 마음으로 가득 차 있는 자는 하나님의 세계에

살고 있는 것이다. 하나님은 바로 그 사람 내부에 계시는 것이다. 왜
냐하면 하나님은 사랑이시기 때문이다."

그리고 천사는 하나님을 찬양하는 노래를 부르기 시작했다. 그러
자 그 웅장한 목소리로 인하여 온 집 안이 울리는 것 같았다. 그리고
천장이 갈라지고 땅에서 하늘까지 한 줄기 불기둥이 솟았다. 세몬과
그의 아내, 아이들 모두는 바닥에 엎드렸다. 그러자 미하일의 등에
날개가 돋아나서 활짝 펼쳐지더니 하늘로 올라갔다. 세몬이 정신을
차렸을 때에는 집은 전과 다름없었고, 집 안에는 가족 이외에는 아무
도 없었다.

사랑이 있는 곳에 신이 있다

어느 마을에 마틴 아브제이치라는 제화공(製靴工)이 살고 있었다. 그는 지하 방에 살고 있었는데 창문이 하나밖에 없었다. 그 창문은 한길로 나 있었다. 창을 넘어다보면 사람들이 분주히 오가는 모습이 보였다.

구두만 보아도 마틴은 그가 누구인지 알 수 있었다. 그만큼 마틴은 한곳에 오래 살았기 때문에 아는 사람이 많았다. 이 거리에 사는 사람이면 구두로 마틴의 덕을 보지 않은 사람이 거의 없을 정도였다. 구두 밑창을 갈거나 터진 데를 꿰매거나 또는 전체 가죽을 몽땅 갈아 버린 것도 있었다. 그래서 가끔 지나가는 사람들 중에서 자기가 수선해 준 신을 보는 경우가 많았다.

일감은 많이 들어왔다. 마틴은 워낙 성실했고, 재료도 좋은 것을 사용하면서 수공비도 싼 편이며, 약속은 틀림없이 지켰기 때문이다. 그는 손님이 원하는 날짜에 맞춰 줄 수 있는 일만 주문을 받고 불가능한 일은 경솔하게 받지 않았다. 솔직하게 처음부터 거절하는 것이다. 이런 마틴의 성품을 모두가 잘 알고 있었기 때문에 그에게는 일이 끊이지 않았다.

마틴 아브제이치는 그저 순박한 사람이었으나 나이가 많아지면서 자신의 영적 생활에 정성을 쏟고 더욱 신에게로 가까이 가고 있었다. 마틴의 아내는 그가 아직 주인 밑에서 일하고 있을 때 세상을 떠났다. 그들 부부는 도대체 어찌 된 영문인지 위의 큰아이들이 모두 죽어 버리는 불운을 겪었다. 그리하여 세 살 된 어린 아들이 하나 있을 뿐이었다

아내가 죽은 후 마틴은 그의 아들을 처음에는 시골에 사는 누님에게 부탁하려 했으나 어머니가 없는 데다 아버지 곁마저 떠나게 해서는 안 되겠다는 측은한 마음이 생겼다. 어린 카비토시카를 남에게 맡긴다는 것은 얼마나 가엾은 일인가. 생활이 어렵더라도 내가 데리고 살자고 마음을 고쳐 먹었다.

마틴은 마침내 주인을 떠나 독립했고 아들과 함께 셋방살이를 했다. 그런데 이게 무슨 일이란 말인가! 그 어린 카비토시카가 제법 자라서 아버지의 잔심부름을 하게 되고 이제 생활도 안정될 무렵 병으로 앓아 눕더니 한 일주일 정도 심한 고열로 아프다가 끝내 죽어 버렸다.

마틴은 아들의 장례를 치른 후 완전히 허탈 상태에 빠져 버렸다. 슬픔이 너무나 커서 하나님마저 원망하게 되었다. 마틴은 너무 비통해서 차라리 자기를 죽게 해 달라고 하나님께 매달린 적도 한두 번이 아니었다. 왜 하나님은 늙은 자기보다 귀엽고 어린 아들을 먼저 데려갔느냐고 계속 원망하는 말들을 늘어놓았다. 물론 교회에도 나가지 않았다.

그러던 어느 날, 트로이차에서 같은 고향 마을의 노인이 마틴을 찾아왔다. 이 노인은 벌써 7년째 성지 순례를 하고 있는 중이었다. 마틴은 이 노인과 세상 돌아가는 이야기를 하다가 자기 신세에 대한 한탄을 늘어놓기 시작했다.

"아저씨, 나는 그저 죽고만 싶은 심정이에요. 오직 죽기만을 하나님께 비는 형편이라고요. 이제 아무런 희망도 기대도 없는 인간이 되어 버렸으니……."

그때 노인이 말했다.

"마틴, 그것은 자네가 잘못 생각한 것이야. 우리가 하나님의 일에 대해 옳다 그르다 비판할 수는 없어. 무슨 일이나 우리의 지혜로써가 아니라 하나님이 결정하시는 것이니까. 자네 아들은 죽어야 했고, 자네는 살아야 한다는 것이 하나님의 뜻이네. 그것 때문에 하나님을 원망하고 삶을 포기하는 것은 자네 자신의 기쁨만을 생각하기 때문이야."

"그러면 무엇 때문에 산다는 건가요!"

노인은 이렇게 대답했다.

"하나님을 위해 살아야 하네. 하나님께서 주신 생명이니까 하나님을 위해 사는 것이 인간의 도리 아니겠는가. 하나님을 위해 살게 되면 아무런 걱정이 없고 모든 일이 편안하게 생각된다네."

마틴은 잠시 동안 조용히 있다가 다시 말을 했다.

"하나님을 위해 살아가려면 더……."

그러자 노인이 말했다.

"어떻게 사는 것이 하나님을 위해 사는 것이냐 하는 것은 예수께서 가르쳐 주셨네. 자네, 글 읽을 줄 알지? 성경을 읽어 보게나. 그러면 하나님을 위해 산다는 것이 무엇인지 알 수 있을걸세. 성경에는 어떤 일이든 다 쓰여 있으니까."

이 말이 마틴의 마음을 움직여 그날 바로 활자로 된 신약 성경을 사다가 읽기 시작했다. 처음에는 주일(主日)에만 읽을 생각을 했으나 한번 읽기 시작하니 완전히 매료되어 매일 읽게 되었다. 종종 읽는 데 너무나 열중하여 램프의 기름이 닳았는데도 성경에서 눈을 떼지 못했다.

이렇게 마틴은 저녁마다 읽게 되었고, 읽으면 읽을수록 하나님께서 자신에게 무엇을 말씀하시는지, 하나님을 위해 산다는 것이 무엇인지를 분명히 알게 되어 마음은 점점 안정되고 가벼워지는 것을 느꼈다.

전에는 잠자리에 들어도 한숨만 나오고 계속 카비토시카의 일만 생각되었으나 지금은 "오! 하나님! 참으로 감사합니다! 모든 일을 당신의 뜻에 온전히 맡기오니 나를 붙들어 주옵소서!" 하고 찬양할 뿐이었다.

그때부터 마틴의 생활은 놀라울 정도로 달라졌다. 전에는 축제일이 돌아오면 온종일 하릴없이 돌아다니고 음식점에 들러 차를 마시거나 보드카를 마시곤 했다. 친구들과 술을 마시고 나면 취하지 않았는데도 괜히 술주정을 부리고 남에게 시비를 걸기도 하며 소리를 지르기도 했던 것이다.

그러나 이제는 그런 일은 거의 없어졌으며, 하루하루 조용하고 보람되게 시간을 보냈다. 아침부터 열심히 일을 했으며, 일이 끝난 다음에는 테이블 위에 램프를 놓고 벽장에서 성경을 꺼내어 읽기 시작하는 것이다. 이렇게 성경을 읽을 때마다 깊은 뜻을 알게 되고 기쁨이 솟아나 마음이 밝아졌다.

그러던 어느 날, 여느 때처럼 마틴이 밤늦게까지 열심히 성경을 읽고 있었다. 마침 '누가복음' 제6장을 읽고 있었는데 거기에는 이렇게 쓰여 있었다.

"누가 뺨을 치거든 다른 뺨마저 돌려 대주고, 네 겉옷을 빼앗는 자에게 속옷도 금하지 말라. 무릇 네게 구하는 사람에게 주며 네 것을 가져가는 사람에게 다시 달라 하지 말며, 남에게 대접을 받고자 하는 대로 너희도 남을 대접하라."

그는 다시 다음 구절을 읽어 나갔다.

"너희는 나를 불러 주여 주여 하면서도 어찌하여 내가 말하는 것을 행치 아니하느냐. 내게 와서 내 말을 듣고 실행하는 자마다 누구나 같은 것을 너희에게 보이리라. 집을 짓되 깊이 파고 기초를 반석 위에 놓은 사람과 같으니 홍수가 나서 탁류가 그 집에 부딪치되 잘 지은 연고로 능히 흔들리지 않았거니와, 듣고도 행치 아니하는 자는 기초 없이 흙 위에 집 지은 사람과 같으니 탁류가 부딪치매 집이 곧 무너져 파괴됨이 심하니라."

이 구절을 읽은 마틴은 마음속에 더욱 큰 기쁨을 느꼈다. 안경을 벗어 내려놓고 테이블 위에 팔꿈치를 괴고 골똘히 생각했다. 그리고 이제까지 해 온 일들을 방금 읽었던 말씀에 비추어 혼자 이렇게 생각하는 것이었다.

'내 집은 어떨까? 반석 위에 세워졌는가? 맨땅에 서 있는가? 반석 위에 세운 집이라면 얼마나 좋을까? 이처럼 가벼운 마음으로 혼자 있으면 어떠한 일도 하나님의 명령에 순종하여 지시대로 행할 것 같은데, 그만 죄를 저지르게 되니 참 안타까운 노릇이야. 그래도 열심히 살아가자. 아, 참으로 기쁘다! 하나님, 원하오니 나를 도와 주소서!'

마틴은 그렇게 생각하고는 잠자리에 들려고 했으나 좀처럼 성경책을 놓을 수가 없었다. 그래서 다시 제7장을 읽었다. 로마 군데 백부장(百父長)의 이야기, 어느 과부의 아들을 살리신 이야기, 세례 요한이 두 제자에게 대답한 대목, 그리고 부유한 바리새인이 예수를 자기 집에 초청한 장면까지 읽었다. 또 죄인인 한 여자가 예수의 발에 향유를 붓고 눈물을 흘리며 그 발에 입맞추니 예수께서 그 죄를 용서하셨다는 이야기도 읽었다. 이렇게 43절을 읽은 다음 다시 다음 절을 읽기 시작했다.

"여자를 돌아보시며 시몬에게 말씀하시되 이 여자를 보아라. 내가 네 집에 들어오매 너는 내게 발 씻을 물도 주지 않았지만 이 여자는 눈물로 내 발을 적시고, 너는 내게 입맞추지 아니하였으되 저는 내가 들어올 때로부터 내 발에 입맞추기를 그치지 아니하였으며, 너는 내 머리에 감람유도 붓지 아니하였으되 저는 향유를 내 발에 부었느니라."

이 한 절을 읽고는 잠시 생각에 잠겨 다음 구절을 떠올렸다.

'발 씻을 물도 주지 않고, 입맞추지 않고, 머리에 감람유도 붓지 않았다.'

마틴은 다시 안경을 벗어 책 위에 내려놓고 또 생각에 잠기었다.

'아무래도 내가 그 바리새인과 같아……. 오직 내 자신만을 생각하고 있었어. 차를 마시고 싶은 것이나 따뜻한 옷을 입고 싶다는 욕망은 자신만을 위한 생각이지, 손님을 위한 생각은 추호도 없었어. 손님의 일에는 아랑곳하지도 않고 오직 나만 편하게 살았어. 그렇다면 나에게 있어서 손님은 누구인가? 분명히 하나님이실 거야. 만일 하나님께서 오신다면 과연 나는 어떻게 대할까?

마틴은 턱을 괴고 이런 생각에 빠져 있다가 어느새 잠이 들어 버렸다.

"마틴!"

누군가가 등뒤에서 부르는 소리가 들려 왔다.

마틴은 깜짝 놀라며 일어났다.

"누굴까? 저 사람은."

눈을 뜨고 고개를 돌려 문 쪽을 보았으나 아무도 없었다. 다시 잠시 후 갑자기 뚜렷하게 말하는 소리가 또 들려 왔다.

"마틴, 마틴아! 내일 창 너머로 한길을 내다보아라. 내가 이곳에 올 테니."

마틴은 자리에서 일어나 눈을 비비며 그 목소리를 꿈결에 들었는지 생시에 들었는지 정신을 차려 생각했으나 종잡을 수가 없었다. 그래서 램프를 끄고 잠자리에 들었다.

이튿날, 마틴은 아직 날이 밝기 전에 일어나 하나님께 기도를 드리고 난로에 불을 피워 국과 보리죽을 끓이고, 찻주전자를 준비하고 앞치마를 두르고 창가에 앉아 일을 시작했다. 마틴은 일을 하면서도 어젯밤 일을 곰곰 생각하고 있었다. 꿈속에서 어쩌다 우연히 그런 소리가 들려 왔다는 착각도 되고, 한편으로는 실제로 그 음성을 들었다는 생각도 들었다.

이런 일은 가끔 있을 수 있다고 가볍게 생각하려고 했다. 그러나 창가에 앉아 있는 마틴은 일을 하기보다는 창 너머 한길을 내다보는 때가 많았다. 처음 본 구두를 신고 지나가는 사람이 있으면 몸을 일으켜 밖을 내다보면서 구두만이 아니라 얼굴까지 알아보려고 애썼다. 새로 맞춘 가죽 장화를 신은 저택 관리인이 지나가는가 하면 지게를 진 일꾼도 지나갔다.

조금 후에 여러 곳을 꿰맨 낡은 장화를 신은 니콜라이 1세 때의 늙은 병사가 삽을 들고 창 있는 곳으로 다가왔다. 마틴은 장화를 보고 곧 그 사람이라는 것을 알았다. 이 노병사는 스체파누이치라고 불렸는데 옆집 가게 주인이 인정상 데리고 있었다. 그의 일은 저택 관리인을 도와 주는 것이었다. 스체파누이치는 마틴의 창 바로 앞에서 길에 쌓인 눈을 치우고 있었다. 한참을 바라보고 있다가 마틴은 다시 일을 시작했다.

"나도 이제는 늙어서 망령이 들어 버렸어."

마틴은 중얼거리며 웃었다.

"스체파누이치가 눈을 치우고 있는데 나는 예수님이 나타나는 게 아닌가 하고 생각하고 있으니 참 한심한 노릇이야. 정신이 아주 나갔어."

그러나 얼마쯤 일을 했다 싶었는데 마틴은 다시 창밖으로 마음이 끌리었다. 창밖을 내다보니 스체파누이치가 눈을 치우다 말고 삽을 벽에 기대 놓고 우두커니 서 있었다. 이제는 늙어서 눈을 치우기에도 힘이 부치는 것 같았다.

'저 사람에게라도 따뜻한 차를 대접할까? 마침 주전자의 물도 끓고 있으니.'

마틴은 그때 측은한 생각이 들어 하던 일을 멈추고 일어서서 주전자를 테이블에 올려놓고 준비한 다음 유리창을 두드렸다. 스체파누이치는 돌아다보고 창가로 왔다. 마틴은 손짓을 하면서 문을 열고 나갔다.

"추운데 안으로 들어와 몸을 녹이지."

"정말 고맙소. 온 뼈마디가 쑤셔."

스체파누이치는 반갑게 대답했다. 스체파누이치는 들어오면서 눈을 털고 바닥에 물이 떨어지지 않게 장화에 묻은 눈을 닦고 있었는데 그 몸은 추위에 덜덜 떨고 있었다.

"닦지 않아도 돼. 나중에 내가 닦을 테니. 어서 들어와 앉게나. 그리고 차라도 한잔 마시게."

마틴은 두 개의 잔에 차를 붓고 하나를 그에게 건네주고, 자기도 찻잔을 들어 후후 불며 마시기 시작했다. 스체파누이치는 차를 마신 후 잔을 테이블에 엎어 놓고 잘 마셨다는 인사를 했다. 그러나 차를 더 마시고 싶은 표정이었다.

"한 잔 더 마시게."

마틴은 자기 잔과 그의 잔에 다시 차를 따랐다. 마틴은 차를 마시면서도 눈길은 시종 한길로 쏠리고 있었다.

"마틴, 누구를 기다리고 있소?"

"누굴 기다리느냐고? 글쎄, 누굴 기다리는지 부끄러워 말을 못하겠는데. 기다리는 것도 아니고 그렇다고 기다리지 않는 것도 아니고. 꿈인지 생시인지도 잘 모르겠고……. 내가 어젯밤에 성경을 읽었는데 예수가 가는 곳마다 푸대접을 받는 괴상한 이야기 말이야. 자네도 들은 적이 있겠지?"

"들어서 알고는 있지만 본시 나야 배우지 못해서 글을 읽을 줄 모르잖은가?"

"나는 성경에서 예수가 여러 지방을 돌아다니시던 이야기를 읽었어. 예수께서 바리새인의 집에 들르셨는데 바리새인은 대접을 소홀하게 했다는 대목을 읽었지. 그런데 나는 어젯밤에 그 대목을 읽고 깊은 생각에 잠겼네. 예수를 대접하지 않았다니 그게 될 법한 일인가! 그러나 혹시 나에게나 또는 다른 사람에게 예수께서 찾아오셨다면 어떻게 대접했을지는 모른단 말이야. 그러나 그 바리새인은 분명 충분한 대접을 못했어! 이런 일을 생각하면서 꾸벅꾸벅 졸기 시작했어. 그때 나를 부르는 소리가 들리지 않겠나. 몸을 바로 세우고 가만히 귀를 기울이니 누군가가 분명한 음성으로 '내일 한길을 내다보아라. 내가 이곳에 올 테니.' 라고 하지 않겠어. 그것도 두 번이나 반복해서 말했다고. 그 말이 뇌리에 생생하게 들려 와서 아무리 자제하려고 해도 예수님의 방문이 기다려지는구먼."

스체파누이치는 그 말을 듣고 고개를 저을 뿐 아무런 대꾸도 없이 차를 마시고 잔을 내려놓았다. 하지만 마틴은 다시 잔에 차를 가득 채웠다.

"자, 한 잔 더 하고 힘을 내게! 내가 생각하기는 예수께서 여러 지방을 여행하시면서 어떤 인간이나 대면하셨겠지만 특히 우리같이 신분이 낮은 인간들을 오히려 따뜻하게 돌봐 주셨을 것이 분명해. 언제나 가난한 삶을 격려하시고 제자들을 택하실 때에도 대개 우리같이 죄 많은 노동자 중에서 부르셨지. 마음이 교만한 자는 낮아지고, 자기를 낮추는 자는 도리어 높임을 받는다고 말씀하셨어. 너희들은 나를 주님이라고 부르지만 나는 너희들의 발을 닦아 주겠다. 누구든지 훌륭한 자가 되고자 하는 자는 섬기는 자가 되라고 말씀하셨네. 그것은 마음이 가난하고 겸손하며 온정을 베푸는 자야말로 행복할 것이라고 말씀하고 계시네."

스체파누이치는 차 마시는 것도 잊은 채 가만히 앉아 듣고 있었는데 그의 양 볼에는 눈물이 흐르고 있었다.

"차 한 잔만 더 하고 가게."

그러나 스체파누이치는 가슴에 성호를 긋고 감사하다는 말을 한 다음 잔을 밀어 놓고 일어섰다.

"참으로 고맙소, 마틴 아브제이치. 정말 잘 마셨고, 자네 덕분에 몸도 마음도 따뜻해졌소."

"자주 찾아오게. 나는 사람들이 찾아오는 것이 무척 기쁘다네."

스체파누이치는 구두 가게를 나섰다. 마틴은 남은 차를 마시고 잔을 정리한 다음 창가로 가서 구두 뒤축을 깁고 있었다. 일을 하면서도 역시 창밖을 내다보고 예수님의 방문을 고대하며 예수님이 하신 일, 예수님의 일에 대해서만 생각하고 있었다. 그의 머릿속에는 예수님이 말씀하신 여러 가지 일들로 가득 메워져 좀처럼 사라지지 않았다.

두 병사가 한길을 지나갔다. 한 명은 군화를, 다른 한 명은 관급(官給) 구두를 신고 있었다. 그들 뒤로 이웃집 주인이 윤이 나는 예쁜 슈즈를 신고 지나가고, 조금 뒤에 바구니를 낀 빵집 사람이 지나쳐 갔다.

모두들 그렇게 지나가는데 웬 여자 한 명이 모직 양말에 다 해진 신을 신고 창가로 걸어왔다. 그리고 창 가까운 벽 앞에 멈춰 섰다. 마틴이 창 너머로 내다보니 딴 마을에 사는 사람으로 초라한 옷차림에 갓난아이까지 데리고 있었다.

그녀는 바람을 등지고 벽을 마주보고 서서 아이를 춥지 않게 하려고 애를 썼으나 여름옷을 걸치고 있어서 감싸 줄 아무것도 없었다. 마틴이 방에서 들어 보니 아이는 계속 울고 있었다. 마틴은 일어나서 문을 열고 나가 층계 위에서 큰 소리로 불렀다.

"아주머니! 아주머니!"

여자는 그 소리를 듣고 뒤돌아보았다.

"이 추운 날씨에 왜 거기서 아이를 울리고 있소? 괜찮으니 어서 들어오시오. 방안이 따뜻하니 아이 달래기도 좋을 거요. 빨리 들어오시오!"

그 여자는 깜짝 놀라는 표정이었다. 웬 안경 쓴 노인이 자기에게 안으로 들어오라고 부르고 있지 않은가! 여자는 노인을 따라갔다. 층계를 내려가 방에 들어서자 노인은 여자를 난로 쪽으로 안내했다.

"자, 여기에 앉으시오. 난로 가까운 쪽으로. 천천히 몸을 녹이면서 아이에게 젖을 줘요."

"젖이 나오지를 않습니다. 아침부터 아무것도 먹지를 못해……."

마틴은 너무 가여워하며 테이블로 가서 그릇과 빵을 꺼내고 난로 위의 따뜻한 수프를 꺼내서 접시에 담았다. 보리죽이 담긴 항아리를 꺼냈으나 아직 죽이 덜 되었다. 그래서 수프만 따라 식탁 위에 놓았다. 그리고 빵을 내놓은 다음 냅킨을 식탁 위에 놓았다.

"자, 여기 앉아 잡수세요. 아이는 내가 안고 있을게요. 나도 전에는 아이를 키워 봐서 잘 다루지요."

여자는 성호를 긋고 음식을 먹기 시작했다. 마틴은 아이가 있는 침상에 걸터앉아 열심히 아이를 달래려고 했으나 입에서 소리가 잘 나오지 않았다. 이가 다 빠지고 없었기 때문이었다. 아이는 계속 울어댔다. 마틴은 아이 입가에 손가락을 대고 이리저리 얼렀다. 아이는 손가락을 쳐다보고는 울음을 그치고 쌩긋쌩긋 웃기 시작했으므로 마틴도 기뻐서 웃었다. 여자는 식사를 하면서 자기의 처지에 대한 이야기를 늘어놓았다.

"애 아빠는 군인으로 8개월 전에 어디론가 멀리 떠났으며 그 후론 소식이 없습니다. 저는 할 수 없이 남의 집 식모로 들어갔으나 얼마 되지 않아 이 아이를 낳았지요. 아이가 있고 보니 일을 제대로 하지 못한다고 쫓겨나 벌써 3개월째 하는 일 없이 지내고 있습니다. 할 수 없이 입고 있던 옷까지 다 팔아서 겨우겨우 살아왔는데, 이제는 유모

라도 들어가고 싶으나 그런 자리도 없어요. 몸이 너무 야위어 젖이 제대로 나오지 않을 거라는 거예요. 지금 어느 상인의 부인을 만나고 오는 길이에요. 그 집에 제가 아는 여자가 일하고 있는데 저를 써 주겠다고 약속했었거든요. 그래서 저는 오늘부터 일할 수 있는 걸로 알고 찾아갔더니 다음주에 다시 오라는군요. 그런데 그 집이 굉장히 멀어 거기를 갔다 오니 저도 쓰러질 지경이고 이 아이도 여간 지쳐 있지 않아요. 고맙게도 지금 살고 있는 집 주인 아주머니께서 하나님의 은총으로 우리 모자를 가엾게 여겨 주시니 그렇지, 만일 우리를 쫓아내면 어떻게 살아갈지 뻔하지요."

마틴은 한숨을 내쉬면서 말했다.

"그래 겨울옷 한 벌이 없어요?"

"따뜻한 옷을 입어야 할 철이 되었으나 겨우 하나밖에는 없는 목도리도 실은 어제 20코페이카에 전당 잡힌 형편이에요."

그녀는 침상으로 돌아와 아이를 껴안았다. 마틴도 일어나 한쪽 구석으로 가더니 무엇을 한참 동안 찾고 있었다. 이윽고 남자용 낡은 외투를 들고 왔다.

"이것으로 좀 가려 보세요. 낡은 것이지만 아이를 감쌀 수는 있을 거요."

여자는 낡은 외투와 노인을 번갈아 쳐다보다가 그만 소리 내어 울기 시작했다. 마틴도 코끝이 시큰해서 돌아섰다. 그리고 침상 밑으로 들어가 작은 트렁크를 꺼내 놓고 그 안을 뒤졌다. 그 여자가 말했다.

"할아버지, 고맙습니다. 저는 갚을 길이 없지만 하나님께서 은총을 내려 주실 겁니다. 아무리 생각해 봐도 주님께서 저를 할아버지가 계신 창가로 보내신 것 같아요. 그렇지 않았다면 이 아이는 분명 얼어 죽을 뻔했어요. 이는 필시 주님께서 할아버지를 창가로 앉게 하시어 우리 모자의 딱한 사정을 보게 하여 도움을 주도록 하신 거예요."

마틴은 즐겁게 웃으며 말했다.

"듣고 보니 그렇군요. 예수님께서 그렇게 하도록 만드셨소. 사실 내가 창밖을 내다보고 있었던 것은 괜히 그런 것은 아니었어요."

마틴은 병사의 아내에게 주님께서 오늘 자기에게로 오시겠다고 말한 어젯밤의 일을 이야기해 주었다.

"그것은 우리를 살려 주시겠다는 하나님의 은총이 아닐는지요."

여자는 일어나 낡은 외투를 걸치고 그 속에 아이를 감싸 안고 마틴에게 공손히 인사를 했다.

"그리스도의 사랑으로 드리니 받으시오."

마틴은 여자에게 20코페이카를 주었다.

"이것으로 목도리를 찾도록 해요."

여자는 성호를 그었다. 마틴도 그녀에게 답례를 하고 입구까지 배웅했다. 여자가 나가자 마틴은 간단히 수프를 먹고 설거지를 한 다음 일을 시작했다.

그러나 일을 하면서도 창밖을 내다보는 것을 잊지 않았다. 창문에 그늘이 아른거리면 누가 지나가는가 보려고 얼른 고개를 들었다. 그

때마다 낯익은 사람도 지나가고 간혹 모르는 사람도 지나갔으나 특별히 눈여겨볼 사람은 없었다.

잠시 후 문득 바라보니 창문 맞은편에 어떤 할머니가 서 있었다. 그 할머니가 든 바구니에는 사과가 담겨 있었다. 사과가 얼마 안 남은 것을 보아서 거의 다 판 모양이었다. 그리고 어깨에 메고 있는 부대에는 나뭇조각들이 들어 있었다. 아마도 어느 공사장에서 주워 집으로 가지고 돌아가는 모양이었다. 그런데 자루가 너무 무거워 다른 쪽 어깨에 바꾸어 메려고 자루를 한길 위에 내려놓고 사과 바구니를 말뚝에 걸어 놓은 채 자루 속의 나뭇조각들을 간추리기 시작했다.

할머니가 부대를 다시 어깨에 메려는 순간, 어디서 나타났는지 모자를 쓴 사내아이가 갑자기 튀어나와 바구니에서 사과 한 개를 집어들고 도망가려고 했다. 그러나 할머니는 재빨리 알아차리고 곧 돌아서서 아이의 소매를 붙잡았다. 사내아이는 발버둥을 치며 할머니 손에서 빠져나가려고 했으나 할머니는 두 손으로 꼭 붙잡고 모자를 벗기더니 머리카락을 움켜잡았다. 사내아이는 용서를 빌기는커녕 할머니에게 큰 소리로 욕설을 했다.

마틴이 그 광경을 지켜보다가 바늘과 일감을 챙겨 놓을 사이도 없이 마룻바닥에 팽개치고 입구 쪽으로 달려갔다. 급히 뛰어나가다 계단에서 넘어질 뻔하여 안경을 떨어뜨렸다.

마틴이 한길로 뛰쳐나갔을 때 할머니는 그 아이의 머리카락을 휘어잡고 욕을 하면서 경찰서로 가자고 실랑이를 벌이고 있었으며, 사내아이는 있는 힘을 다해 빠져나가려고 날뛰면서 큰 소리로 대꾸하고 있었다.

"나는 훔치지 않았어요. 이거 봐요."

마틴이 참견하며 사내아이의 손을 잡고 말했다.

"할머니, 주님의 사랑으로 이 아이를 용서해 주십시오."

"놓아주긴 하겠지만 다시는 못된 짓을 안 하게끔 경찰서에 가서 혼쭐을 내주어야 해."

마틴은 할머니를 설득했다.

"그만하면 되었어요. 두 번 다시 안 그러겠지요. 예수님의 은혜로 놓아주십시오."

할머니는 손을 놓았다. 사내아이가 그대로 도망가려고 하는 것을 마틴이 붙잡아 세우고 말했다.

"할머니께 사과를 해라. 이제 다시는 나쁜 짓을 해서는 안 된다. 네가 사과를 훔치는 것을 내가 다 보았다."

사내아이는 눈물을 흘리면서 잘못을 빌었다.

"그래 됐다. 이 사과 하나를 네게 주겠다."

마틴이 바구니에서 사과를 꺼내어 사내아이에게 주었다.

"할머니, 사과 값은 제가 치르지요."

"이러면 괜히 애들 버릇만 더 나빠져요. 저런 애들은 절대 잊어버리지 않도록 혼을 내줘야 하는데."

"아닙니다, 할머니. 그건 우리 인간의 생각이지 주님의 뜻은 아님니다. 사과 한 개의 일로 이 아이를 벌준다면 죄 많은 우리는 어떤 벌을 받아야 합니까?"

할머니는 아무 대답도 못하고 있었다.

마틴은 할머니에게 어떤 주인이 자기 소작 관리인에게 많은 빚을 탕감해 주었는데, 그 소작인은 자기에게 빚진 사람을 찾아가 그 빚을 갚지 않으면 감옥에 보내겠다고 으름장을 놓았다는 이야기를 들려주었다. 할머니는 잠자코 듣고만 있었다. 그 사내아이도 가만히 서서 듣고 있었다.

"예수님께서는 용서해 주라고 말씀하셨습니다. 그렇지 않으면 우리도 용서받을 수 없지요. 어떤 사람이든 용서해야 하는데 하물며 생각이 모자라는 아이는 더욱 그렇지요."

할머니는 아무 말 없이 한숨만 쉬었다.

"듣고 보니 그렇습니다만 이 아이는 장난이 너무 심해서……."

"그래서 우리 늙은이들이 잘 가르쳐야 하지요."

"그래요. 나도 아이들을 일곱이나 낳았지만 지금은 딸 하나밖에 없어요."

할머니는 자기가 어느 마을에서 딸과 함께 살고 있으며 손자가 몇 명이며, 그 외 여러 가지 이야기를 했다.

"이제는 기력이 달리지만 그래도 일을 하지요. 어린 손자들이 나와서 마중해 주고 내 수고를 위로해 줍니다. 아크슈트란 놈은 내 곁에서 떠나지 않으려고 해요. 그놈은 '우리 할머니가 제일 좋아.' 하면서요."

이런 이야기를 하는 동안 할머니의 기분은 풀어졌다.

"너도 물론 철없는 생각에서 그랬겠지."

할머니는 사내아이를 보며 말했다. 노파가 부대를 메려고 하자 사내아이가 재빨리 말했다.

"할머니, 제가 메고 가겠어요. 저도 그쪽으로 가니까요."

노파는 뭐라고 중얼거리면서 자루를 사내아이 어깨에 메어 주었다. 그리고 두 사람은 나란히 길을 걷기 시작했다. 노파는 마틴에게 사과 값을 받는 것도 잊어버렸다. 마틴은 두 사람이 떠나자 그 자리에 우두커니 서서 그들의 뒷모습을 바라보고 그들의 주고받는 이야기에 귀를 기울였다.

마틴은 집 안으로 돌아왔다. 층계에 떨어져 있는 안경을 집어 들고 다시 일을 시작했다. 부지런히 일을 하는 동안 어느새 날이 저물어 바늘구멍이 잘 보이지 않았다. 거리에는 가스등에 불을 켜는 사람이 돌아다녔다.

마틴도 불을 켜야겠다고 생각하고 램프에 불을 붙여 고리에 걸고 다시 일을 시작했다. 한쪽 장화를 완성한 후 이리저리 살펴보았으나 별 이상 없이 잘 꿰매져 있었다. 연장들과 가죽 조각을 정리한 다음 실과 바늘을 제자리에 정돈하고 램프를 가져다 테이블에 놓고 벽장에서 성경을 꺼냈다. 그러곤 어젯밤에 가죽을 끼워 놓은 페이지를 펼치려 했으나 다른 데가 펼쳐졌다.

마틴은 성경을 펼쳐 놓자 어젯밤의 꿈이 생각났다. 꿈이 되살아남과 동시에 이상한 소리가 귀에 들려 왔다. 마틴이 뒤를 돌아보니 컴컴한 구석에 어떤 사람이 서 있는 것이었다. 사람임에는 분명한데 누구인지는 알 수가 없었다. 그러나 마틴의 귀에 조용히 속삭이는 것이었다.

"마틴, 너는 나를 모르겠나?"

"누구를 말입니까?"

"나를 말이다. 오늘 만난 사람이 나라니까."

그러자 어두컴컴한 구석에서 스체파누이치가 앞으로 나오면서 빙긋 웃더니 형체도 없이 사라져 버렸다.

"그것도 나였다."

그러자 어두운 구석에서 갓난아이를 안은 여자가 나타났다. 여자가 밝은 미소를 지었고 아이도 빙긋 웃더니 어느새 사라져 버렸다.

"그것도 나였어."

그러자 할머니와 사과를 들고 있는 사내아이가 나타나서 빙긋 웃으며 형체도 없이 사라져 버렸다.

마틴은 너무 기뻤다. 성호를 긋고 안경을 끼고 성경이 펼쳐진 곳을 읽기 시작했다. 그것의 앞부분에는 다음과 같이 쓰여 있었다.

"내가 굶주릴 때에 먹을 것을 주었고, 목마를 때에 마시게 하였고, 나그네 되었을 때에 영접하였고, 벗었을 때 옷을 입혔으니……."

그리고 끝부분에 또 이렇게 쓰여 있었다.

"내 형제 중에 지극히 작은 자 하나에게 한 것이 곧 내게 한 것이니라."

마틴은 깨달았다. 꿈은 헛되지 않아 이날 확실히 구세주가 마틴에게 찾아왔고, 마틴은 구세주를 대접했다는 것을 알았다.

인간에게 얼마나 많은 땅이 필요한가

1

도시에 살고 있는 언니가 시골 동생 집에 다니러 왔다. 언니는 도시의 상인에게 시집을 갔고, 동생은 시골 농부와 결혼을 했다.

언니와 동생은 차를 마시면서 여러 가지 이야기를 나누었다. 그러다가 언니는 자기가 사는 도시 생활에 대해서 자랑을 늘어놓기 시작했다.

자기는 도시에서 넓고 아담한 집에서 무엇 하나 부족한 것 없이 살고 있다면서 아이들에게는 예쁜 옷을 입히고, 날마다 맛있는 음식을 먹으며, 어디나 마차를 타고 놀러 다니며 멋있게 산다는 투로 은근히 으스대는 것이었다.

그러자 동생은 화가 치밀어 도시의 염치없고 몰인정한 생활을 비판하며 자기네들의 농촌 생활을 자랑했다.

"아무리 도회지 생활이 좋다고 해도 우리 생활과 언니 생활을 바꿀 생각은 조금도 없어요. 우리는 그렇게 호화롭게 살지는 않지만 마음의 고통이나 생활에 대한 걱정은 없으니까요. 언니 말처럼 도회지 생활은 깔끔해서 좋을지는 모르지만 운수가 나빠 망하면 빈털터리가 되는 것 아녜요. 거기에 비하면 우리 농촌 생활은 안전하고 확실해요. 비록 큰 부자는 못 되지만 마음도 편하고, 생활하는 데도 전혀 지장 없어요."

언니가 되받아 말했다.

"아무리 배고프지는 않다고 해도 어디까지 소나 돼지하고 어울려 산대서야! 아무리 땀 흘려 일해 봐도 좋은 옷을 입을 수도 없고 화려한 파티도 없지 않니. 네 남편이 아무리 열심히 일해 봐야 항상 이 꼴로 살 테지. 집이라야 돼지우리 같은 곳이고, 또 너희 아이들도 마찬가지로 살아가게 되겠지."

동생이 다시 말했다.

"그게 우리의 방식이에요. 우리들 생활은 자유스럽고 건전해서 누구에게 굴종하거나 아부하지도 않아요. 그러나 언니처럼 도시 사람들은 유혹과 불안 속에서 살고 있잖아요. 오늘은 아무리 좋아도 내일은 벌써 어떤 악마에게 사로잡힐지 모르죠. 이런 말을 해서 안됐지만 형부도 언제 어떤 악마의 유혹에 걸려 재산 몽땅 날리고 처량한 신세가 될지 모르잖아?"

동생의 남편인 파홈이 난롯가에서 두 여자의 이야기를 듣고 있다가 한마디 거들었다.

"그건 그래요. 우리 농부들은 아주 어릴 때부터 땅을 벗 삼아 살아왔기 때문에 허황하거나 어리석은 생각은 안 하지요. 다만 아쉬운 것이 있다면 땅이 넉넉하지 못하다는 것이죠. 땅만 충분하다면 우리들은 두려울 것이 없어요. 악마나 다른 그 누구도 무서워할 것이 없어요."

두 자매는 차를 다 마시고 아름다운 옷과 맛있는 음식에 대해 이야기하다가 차 그릇을 치우고 잠자리에 들었다. 그런데 악마가 난로 뒤에서 그들이 이야기하는 것을 죄다 듣고 있었다. 농부가 아내 이야기에 말려들어 땅만 있으면 악마 따위는 두려워할 것 없다고 큰소리치는 것을 듣고 악마는 참을 수가 없었다.

"좋아, 그렇다면 너와 내기를 해보자. 나는 네게 땅을 듬뿍 주지. 그리고 그 땅으로 너를 호리겠다."

2

이 마을과 가까운 곳에 땅을 웬만큼 가지고 있는 여자 지주(地主)가 있었다. 대략 123정보의 땅을 소유하고 있었다. 이 지주는 여태까지 소작인들을 억울하게 하거나 서로 다투는 일 없이 의좋게 살아왔다.

그런데 이 여자 지주 밑에 군대 출신의 사나이가 관리인으로 들어오면서부터 좋지 않은 일들이 일어났다. 이 사나이가 관리인이 되자 가끔 벌금을 징수하여 소작인들을 괴롭혔다.

파홈도 매우 조심스레 행동했지만 그의 계략을 벗어날 수가 없었다. 소나 말이 농작물을 망쳤다는 이유로 벌금을 물 때마다 파홈은 화가 나서 소나 말을 때리기도 했다. 여름 동안 이 관리인 때문에 많은 죄를 지었다.

겨울이 되자 이 여지주는 땅을 팔기 시작했는데 저택 관리인이 그 땅을 산다는 소문이 돌았다. 소작인들은 이 소식을 듣고 한숨만 내쉬고 있었다.

"이거 큰일났는데. 저택 관리인이 땅을 산다면 그 자는 성격이 너무 고약해서 과도한 벌금을 물리고 우리를 아주 괴롭힐 것이야. 그렇다고 우리가 이 땅을 떠나서는 살 수도 없고……."

그래서 소작인들은 의논을 한 뒤 여지주에게 찾아가 제발 땅을 저택 관리인에게 팔지 말고 자기들에게 양도해 달라고 간청을 했다. 그리고 값도 섭섭지 않게 주겠다고 했다. 결국 여지주는 그렇게 하겠다고 승낙했다.

농부들은 조합을 통해서 그 땅 전부를 사기로 하고 수차례 회의를 가졌으나 좀처럼 결론이 나오지 않았다. 악마가 훼방을 놓기 때문에 의견 일치가 되지 않았던 것이다. 그래서 농부들은 자기 능력대로 적당한 넓이의 땅을 따로따로 사기로 결정했으며, 이에 여지주도 동의했다.

'다른 사람들이 땅을 모두 사 버린다면 내 손에는 아무것도 들어오지 않게 돼.' 파홈은 이렇게 생각하고 아내와 상의했다.

"다른 사람들이 땅을 사고 있으니 우리도 10정보쯤 사 들여야겠어요. 그렇지 않고야 우리가 살아갈 수가 없어. 그 관리인이라는 자가 너무 많은 벌금을 물려서 이제는 견딜 수가 없어."

두 사람은 무슨 수로 땅을 살 것인가 궁리를 계속했다. 그들은 100루블의 저금을 하고 있었다. 땅을 사기 위해 망아지 한 마리와 꿀벌을 절반 팔고, 아들을 머슴살이로 보내고, 의형에게 모자란 돈을 빌려서 가까스로 살 땅의 절반 값을 마련했다. 파홈은 숲이 울창한 15정보 가량의 땅을 정하고 여지주에게 찾아가 땅 값을 흥정하고 매매계약을 마친 후 현찰로 절반만 지불하고, 나머지는 2년 후에 주기로 했다.

이렇게 해서 파홈은 드디어 땅 소유주가 되었다. 파홈은 씨앗을 그 땅에 뿌렸고, 그해 농사는 대풍이었다. 일년 농사로 땅 값과 나머지 빚진 것을 모두 갚을 수 있었다.

이리하여 파홈은 명실공히 지주가 되었다. 자기 땅을 갈아서 씨를 뿌리고, 자기 목장에서 풀을 베고, 자기 숲에서 장작을 만들고, 자기 땅에서 가축을 기르게 된 것이다.

그는 자기 땅에서 돋아나는 작물과 목초를 볼 때마다 여간 기쁜 게 아니었다. 땅은 아무런 변화도 없지만 파홈에게는 특별한 땅이 되었다.

3

파홈은 기쁨의 나날들을 보냈다. 농부들이 그의 농작물이나 목장을 짓밟지만 않는다면 모든 것이 만족스러웠다. 그는 목장이나 농작물을 짓밟지 말라고 부탁했다. 그러나 아무런 소용이 없었다. 또 소가 목초지를 침범했다. 파홈은 그때마다 달래서 쫓아내기만 하고 고발하지는 않았으나, 이런 일이 계속 일어나자 하는 수 없이 재판소에 고발하기에 이르렀다.

농부들이 그렇게 하는 것은 워낙 땅이 좁기 때문이며 남의 땅을 침범하지 않고는 가축을 키울 수 없었기 때문이다. 그렇지만 파홈은 한 번쯤은 혼을 내주어야겠다고 생각했다.

이렇게 소송을 걸어 농부들을 응징했다. 그 일로 인해 많은 농부들이 벌금을 물었으며, 이웃 농부들은 파홈에게 원한을 품게 되었고 고의적으로 땅을 더 망쳤다. 어떤 농부는 밤에 숲에 들어가 보리수 껍질을 벗겨 버리기도 했다.

다음날 아침, 파홈이 숲을 지나가다가 무엇인가 희끗희끗한 게 보여서 가까이 가 보니 나무들의 껍질이 모두 벗겨져 있었다. 쓸 만한 나무는 모두 그 모양을 만들어 버렸다. 파홈은 울화가 치밀어 올라왔다.

"누가 이런 짓을 했는지 알기만 하면 그냥 두지 않겠어."

도대체 누가 이런 짓을 했을까? 파홈은 골똘히 생각했다.

'이것은 아무래도 쇼무카의 짓일 거야.'

그는 아무도 몰래 쇼무카의 집에 가서 여기저기 살펴보았으나 아무런 단서도 발견하지 못하고 돌아왔다. 그래도 틀림없이 쇼무카의 짓이라고 단정하고, 쇼무카를 상대로 고소를 제기했으며, 두 사람은 법정에 출두했다.

재판은 몇 번이나 되풀이한 끝에 증거가 불충분하다는 이유로 피고는 무죄 판정을 받았다. 파홈은 더욱 화가 나 재판장과 마을 어른에게까지 행패를 부렸다.

"당신들은 모두 도둑놈의 편이군요. 당신들이 정직한 생활을 한다면 도둑놈을 무죄로 만드는 어처구니없는 연극은 못할 거요."

그 이후로 파홈은 마을 사람들과도 자주 싸웠다. 농부들은 불을 지르겠다며 그에게 협박을 했다. 파홈은 땅은 많이 가지고 있었으나 인심을 잃어 외롭게 살아가지 않으면 안 되었다.

그러던 차에 근처 농부들이 새로운 곳으로 이주하려고 한다는 소문이 들려 왔다. 이 소식을 들은 파홈은 생각했다.

'나는 내 땅을 버리고 떠나 살아야 할 이유가 없다. 이 근처 농부들이 여기를 떠나가 버리면 이곳은 그만큼 넓어질 것이 아닌가. 그들이 두고 간 땅을 내가 산다면 내 살림도 불어나고 지내기도 한결 나아질

거야. 그렇지 않고 지금 같으면 숨이 막힐 지경이야.'

어느 날, 그곳을 여행하던 한 농부가 파홈을 찾아왔다. 그는 농부를 맞이하여 재워 주기로 하고 식사를 대접한 뒤 요즘 세상 돌아가는 이야기를 나누었다.

파홈은 그 농부에게 어디서 왔느냐고 묻자, 농부는 볼가 강 건너편에서 왔으며 지금까지 이곳저곳을 돌아다니며 노동을 하고 있다고 했다.

그 농부는 자기가 일하던 곳으로 많은 농부들이 이주해 오고 있다고 말하였다. 그곳에 온 농부들은 곧 조합에 가입하여 한 사람당 10 정보씩의 땅을 분배받았다고 했다. 또 그 땅이 어찌나 좋은지 보리 같은 곡식을 파종하면 소나 말 잔등이 보이지 않을 정도라고 했다. 그래서 어떤 농부는 빈손으로 왔다가 지금은 말 여섯 필에다가 소 두 필을 가지고 있다고 했다.

이 말을 듣고 파홈은 생각했다.

'그렇게 살기 좋은 땅이 있다면 이런 좁은 땅에서 다투며 가난하게 살 필요가 없다. 땅과 집을 팔아 당장 그 돈으로 그곳에 가서 새로운 농사를 짓자. 이 비좁은 땅에서 살다 보면 인심만 사나워지고 죄만 짓게 된단 말이야. 그러나 그곳 사정을 알아본 뒤에 결정해야겠다.'

여름이 되자 그는 그곳으로 출발했다. 사마라까지는 볼가 강에서 배를 타고 내려가 그곳에서 천리 길을 걸어갔다. 그는 겨우 목적지에 도착했다. 모든 것이 소문대로였다.

농부들은 제각기 10정보씩의 땅을 분배받아 풍족하고 안정된 생활을 하고 있었으며 이주해 온 사람은 누구나 조합에 가입되었다. 그뿐 아니라 돈만 있으면 분배받은 땅 외에도 얼마든지 좋은 토지를 1정보당 3루블 정도에 영구히 자기 재산으로 만들 수가 있다는 것이다.

모든 것을 살펴본 파홈은 고향에 돌아가 가을철이 되자 모든 재산을 정리했다. 토지는 물론 집과 가축도 다 팔았다. 그는 조합에서 탈퇴하고 봄이 오기를 기다려 가족과 함께 새로운 땅으로 떠났다.

4

파홈은 가족과 함께 새로운 땅에 도착했다. 우선 마을의 큰 조합에 가입하기로 마음먹고 마을 어른들을 초대하여 잔치를 베풀고 가입에 필요한 서류를 모두 갖추었다. 그는 얼마 후 조합원이 되었고 다섯 명의 가족에 대한 토지 50정보를 분배받고 또 목장도 분양받았다. 파홈은 집을 짓고 가축도 길렀다.

그가 소유한 땅의 넓이는 이전의 세 배가 되었고 땅도 매우 비옥했다. 살림은 이전보다 열 배나 나아졌다. 땅도 충분하지만 목장도 아주 흡족했다. 얼마든지 가축을 기를 수가 있었다.

이주한 처음에는 모든 것이 만족스러웠다. 그러나 차츰 생활이 안정되고 살림이 불어나자 이곳도 역시 좁게만 생각되었다. 첫해에 밀의 파종은 대풍이었다. 그는 더 많은 경작을 하고 싶었으나 자기가 가진 땅으로는 부족했다.

또 밀을 심기에는 적합하지 않은 땅도 있었다. 밀을 심기 위해서는 퇴비나 비료를 주어 놀리지 않은 땅이라야 했다. 휴경지는 서로 사려고 경쟁이 심했다. 돈 있는 사람은 스스로 땅을 사들여 경작을 했으나, 가난한 사람들은 상인으로부터 땅을 빌려 농사를 짓는 상태였다.

파홈은 더 많은 밀을 심고 싶었다. 그래서 더 많은 땅을 빌려 씨를 뿌렸다. 또 풍년이었다. 새로이 씨를 뿌린 땅은 마을에서 15킬로미터나 떨어진 먼 거리에 있어서 농작물을 운반하기에 매우 불편했다. 그 근방에는 농사도 짓고 장사도 하면서 농원을 경영하는 부유한 사람들도 있었다.

"나도 저 사람들처럼 내 돈으로 땅을 사들일 수만 있다면, 또 농원이라도 경영한다면 지금보다는 형편이 더 나아질 것이다."

그래서 파홈은 어떠한 수를 써서라도 땅을 자기 재산으로 만들어야겠다고 생각했다.

어느덧 3년의 세월이 흘렀다. 해마다 많은 땅을 빌려 씨를 뿌렸으며, 해마다 풍년이었다. 웬만큼 돈도 모았다. 이제는 별로 부족함이 없이 살아가게 되었다. 그러나 파홈으로서는 해마다 땅을 빌려 농사를 짓는 것이 매우 못마땅했다. 좋은 땅만 있으면 그곳 농부들이 전부 빌리고 말았다. 만약 땅을 빌리지 못하면 한 해 농사를 놓치는 것이었다.

"이게 만일 내 땅이라면 누구에게 머리를 숙일 필요도 없고 불쾌한 일도 없을 텐데……."

파홈은 영구히 사들일 땅을 찾고 있었다. 그 결과 한 농부를 찾아
냈다. 그 농부는 500정보의 땅을 가지고 있었는데 파산을 하여 아주
싸게 판다는 것이다. 파홈은 그 농부와 흥정을 했다. 여러 차례 교섭
한 결과 1500루블에 매매할 것을 결정하고, 반은 현금이고 절반은 후
불이라는 조건으로 계약했다.

구입한 땅 값을 지불하려고 돈을 챙기고 있던 어느 날, 장사꾼 한
사람이 찾아와 함께 차를 마시게 되었다. 파홈과 상인은 차를 마시면
서 여러 가지 세상 돌아가는 이야기를 했다.

상인은 멀리 떨어진 바슈키르 지방에서 살고 있다고 했다. 그 상인
은 바슈키르를 출발하기 직전에 그곳의 주민에게 5000정보의 땅을
샀는데 겨우 1000루블밖에 지불하지 않았다고 했다. 너무나 쌌기 때
문에 그 이유를 자세히 물었다.

"그곳 어른들의 비위를 잘 맞추어 주면 그만입니다. 내가 그 땅을
사기 위해 가운, 침구 등 100루블 정도의 물건과 차 한 상자를 선물했
고, 귀찮은 놈들에게는 술을 대접해서 결국 1정보당 20코페이카라는
헐값에 살 수 있었지요."

장사꾼은 이렇게 말하면서 소유권의 등기 증서를 보여 주었다.

"그 땅은 하천을 끼고 있어서 무성한 풀이 넓은 들판을 이루고 있
어요."

파홈은 더 자세한 설명을 부탁했다.

"그곳의 땅은 얼마나 넓은지 일년이 걸려도 돌아볼 수 없을 정도예요. 그곳은 모두 바슈키르 원주민의 소유이고 원주민들은 게으른 얼간이들이라서 헐값에 살 수 있었지요."

'단 500정보의 땅을 구입하기 위해 1000루블을 지불하고도 빚을 진다는 것은 말도 안 되며, 바슈키르에 이주한다면 같은 1000루블로 엄청나게 넓은 땅을 살 수 있을 것이다.' 하고 파홈은 생각했다.

5

파홈은 그곳으로 가는 길을 자세히 물었다. 그리고 상인이 떠나자 자기도 떠날 차비를 했다. 뒷일은 아내에게 맡기고 일꾼 한 사람을 데리고 출발했다.

그들은 여행 중에 작은 도시에서 차 한 상자와 여러 가지 선물, 포도주 등 상인이 말한 물건들을 모두 준비했다. 일주일 동안 밤낮을 걸어서 바슈키르의 유목지에 도착했다. 모든 것이 상인이 말한 그대로였다.

그곳 주민들은 강가의 초원에서 펠트로 만든 텐트 속에서 생활하고 있었다. 그들은 스스로 땅을 경작하거나 빵을 먹는 일도 없었다. 넓은 초원에는 소와 말들이 떼지어 풀을 뜯고 있었고, 그곳의 여인들은 말에서 젖을 짜 우유술을 만들고 또 치즈도 만들었다. 그러나 바슈키르 남자들은 술과 차를 마시며 양고기를 먹고는 피리를 불 뿐이었다. 그들은 모두 건장하고 쾌활했으며 한여름 내내 아무 일도 하지 않고 놀며 지냈다. 모두들 문맹자이며 러시아 말도 전혀 몰랐지만 아주 친절했다.

파홈의 일행을 발견하자 바슈키르 주민들이 텐트에서 나와 처음 보는 손님을 둘러쌌다. 그중에서 러시아 말을 할 줄 아는 사람을 찾아 파홈은 그에게 토지에 관한 일로 방문했다고 전했다. 바슈키르 주민들은 매우 기뻐하며 파홈을 끌어안듯이 하여 제일 훌륭한 천막 안으로 안내하고, 방석에 앉게 한 다음 그들도 빙 둘러앉아서 차와 술을 권했다. 양을 잡아 고기를 대접했다.

파홈은 준비해 온 선물을 나누어 주었다. 그들은 너무나 기뻐 어쩔 줄을 몰랐다. 자기들끼리 열심히 떠들더니 러시아 말을 할 줄 아는 사람을 통해서 이렇게 전달하는 것이었다.

"이 사람들은 당신에게 호감을 갖고 있습니다. 그래서 우리들의 풍습대로 특별한 습관에 따라 선물에 대한 보답으로 우리들이 갖고 있는 것에서 후하게 답례하고 싶은데 당신의 의사는 어떠냐고 묻는 것입니다."

"아, 그렇습니까? 정말 고맙습니다. 제가 가장 좋아하는 것은 여러분의 땅입니다. 지금 제가 살고 있는 땅은 아주 좁을 뿐 아니라 완전히 황폐한데 여기는 땅도 넓을 뿐 아니라 기름집니다. 이처럼 아름답고 좋은 땅은 본 일이 없습니다."

통역을 맡은 사람은 이 사실을 그들에게 전했다. 바슈키르 사람들은 의논했다. 그리고 통역은 이렇게 전했다.

"당신의 친절에 보답하기 위해 얼마든지 갖고 싶은 만큼 땅을 기꺼이 드리겠다고 말합니다."

6

바슈키르 사람들이 이렇게 이야기를 하고 있는데 갑자기 여우털로 만든 모자를 쓴 건장한 사나이가 들어왔다. 모두들 일제히 일어섰다. 통역하는 사람이 말했다.

"촌장이십니다."

파홈은 값비싼 가운과 준비해 온 차를 선물했다. 촌장은 선물을 받고 자리에 앉았다. 그러자 바슈키르 사람들이 촌장을 향해서 무언가를 열심히 말했다. 촌장은 그들의 말을 잠자코 듣고 있더니 고개를 끄덕이면서 파홈을 향해 말했다.

"그래요, 아무 곳이나 원하는 대로 가지십시오. 땅은 얼마든지 있습니다."

'아니 이럴 수가! 갖고 싶은 대로 땅을 가질 수 있다니! 당장에 촌장이 말하는 것을 구체적인 계약으로 확정지어야겠는데. 그렇지 않으면 언제 자기들 땅이라고 다시 빼앗지 말란 보장이 없으니까.'

"친절히 말씀해 주셔서 정말 감사합니다. 확실히 여기는 좋은 땅이 많군요. 그러나 저는 많은 땅을 원하지는 않습니다. 저에게 필요한

만큼만 가졌으면 합니다. 그 대신 내 땅의 분명한 한계가 있어야 한다고 생각합니다. 즉, 내 것이라는 확실한 증명이 필요합니다. 나중에 세월이 흘러 당신들의 후손들이 다시 소유권을 주장하면 어려운 문제가 생기니까요."

"옳은 말이오. 그러면 경계를 확실하게 정해 드리겠습니다."

그래서 파홈은 다시 말했다.

"듣기로는 이곳 상인 한 분이 있는 모양인데 당신들은 그 사람에게 땅을 팔고 등기 증서를 해주었다는데, 저에게도 그것을 해주시기 바랍니다."

촌장은 모든 것을 들어주었다.

"그렇게 하지요. 그것은 어려운 문제가 아닙니다. 우리에게는 그런 일을 처리할 사람이 있으니 서류를 작성해 드리겠습니다."

"그러면 땅 값을 결정해야 하는데, 어떻게 할까요?"

파홈이 말을 꺼냈다.

"우리 마을에서는 가격이 같습니다. 누구를 막론하고 하루분으로 1000루블을 받고 있습니다."

파홈은 무슨 말인지 알 수 없었다.

"하루분으로는 몇 정보나 됩니까?"

"아 예, 우리들은 그런 계산은 서툴러서요. 그러므로 하루분 얼마라고 해서 땅을 팔고 있습니다. 즉, 땅을 사고 싶은 사람이 하루 동안 걸어서 돌아온 만큼의 땅을 모두 하루분으로 하여 그분에게 양도하는 것입니다. 이 하루분의 값을 1000루블로 하고 있습니다."

파홈은 놀라며 말했다.

"그렇지만 하루 종일 걸어다닌 땅은 아주 넓은 땅인데요?"

그 말을 듣고 촌장은 웃으며 말했다.

"그러나 그 전부가 당신의 소유가 되는 것입니다. 그런데 조건이 하나 따르지요. 출발한 당일에 출발점에 돌아오지 못하면 당신이 지불한 돈은 돌려 받지 못하는 겁니다. 이 사실만은 잊지 마십시오.""

그 점은 명심하겠습니다. 그런데 자기가 답사한 땅을 어떻게 증명하면 좋을까요?"

"아무 곳이나 당신이 원하는 장소에 같이 가서 거기에서 기다리겠습니다. 당신은 거기서 출발하여 한 바퀴 돌아오십시오. 그때에 괭이 하나를 가지고 가서 적당한 곳에 표시를 해주세요. 거기에 잔디라도 놓아두면 다음에 나와 함께 돌아다니며 쟁기로 구덩이와 구덩이를 연결하면 될 것입니다. 어떤 식으로 돌아다녀도 상관없습니다. 다시 말씀드리지만 해가 지기 전에는 반드시 돌아와야 합니다. 그렇게 해서 돌아온 땅은 모두 당신의 것이 됩니다."

파홈은 매우 기뻤다. 다음날 아침 일찍 출발하기로 결정했다. 그리고 여러 가지 이야기를 하면서 양고기를 먹고 술을 마셨다. 그러는 동안 날이 저물었다. 그곳에 모인 사람들은 파홈을 포근한 털이불에서 자게 하고 모두 자신의 텐트로 돌아갔다. 내일은 해가 돋기 전에 모여 출발점에 나가기로 약속을 했다.

7

파홈은 폭신한 이불에 누웠지만 좀처럼 잠을 이룰 수가 없었다. 땅의 일이 머리에서 사라지지 않았다.

'가능한 한 멀리 돌아와야지. 온종일 걷는다면 130~140리는 돌수 있겠지. 130~140리면 꽤나 넓은 땅이겠지. 그중에 신통치 않은 곳은 팔든지 소작인에게 빌려 주고, 좋은 곳만 선정하여 농사를 짓자. 두 마리 소가 끌 쟁기를 만들고 일할 머슴을 두서너 사람 고용하여 50정보쯤 경작을 하고 나머지는 목장을 만들자.'

파홈은 뜬눈으로 밤을 새우다가 겨우 새벽녘에야 잠이 들었다. 그는 잠결에 천막 밖에서 나는 웃음소리를 들었다. 자리에서 벌떡 일어나 밖을 내다보니 촌장이었다. 촌장은 배를 움켜잡고 큰 소리로 웃고 있는 것이었다.

파홈은 그 이유를 알 수 없었다. 이상해서 자세히 살펴보니 그는 바슈키르 촌장이 아니고 자기를 이곳에 소개해 준 상인이었다. 그에게 말하려고 바라보니 그 상인은 사나운 뿔과 발톱을 가진 무서운 악마가 되어 배를 끌어안고 웃고 있었으며, 그 앞에는 맨발의 사나이가 쓰러져 있었다. 파홈은 그 사나이의 정체를 알아보려고 했다. 정신을 가다듬고 자세히 살펴보니 그 사나이는 이미 죽어 있었고, 더욱이 그 것은 자기 자신이었다. 파홈은 무서움에 몸서리쳤다. 그 순간 제정신을 차려 보니 꿈이었다.

"불길한 꿈이었군."

열려 있는 문틈으로 밖을 내다보니 벌써 날이 밝아오고 있었다.

"모두들 깨워야겠다. 이제 출발할 시간이 되었다."

파홈은 일어나 마차에서 자고 있는 머슴을 깨우고 출발 준비를 하도록 하고, 자기는 바슈키르 사람들을 깨우러 갔다.

"모두 일어나시오. 들에 나가 땅을 정할 시간이에요."

바슈키르 사람들도 일어나 모여들었다. 조금 후에 촌장도 왔다. 이들은 우유술을 마시며 그에게는 차를 대접했다. 그러나 그렇게 한가하게 있을 수가 없었다.

"일찍 떠납시다. 시간이 다 됐으니까요."

8

바슈키르 사람들은 말이나 마차를 타고 출발했다. 파홈은 괭이를 갖고 머슴과 함께 자신의 마차를 타고 출발했다. 초원에 도착하자 날이 밝았다. 언덕(바슈키르 말로 시항)에 이르러 한곳에 모였다. 촌장이 파홈에게 다가와 손으로 들판을 가리켰다.

"이 들판이 모두 우리들의 땅입니다. 그러니 마음대로 좋은 곳을 택하십시오."

파홈의 눈은 반짝거렸다. 땅은 전부 초원이었고 손바닥처럼 평평하고 거무스레하게 보였다. 그리고 약간 낮은 곳에는 여러 가지 잡초가 우거져 있었다.

촌장은 털모자를 벗어 땅에 놓고 말했다.

"이것을 출발 표지로 삼읍시다. 여기서 출발하십시오. 그리고 이곳으로 돌아오십시오. 돌아온 곳도 모두 당신의 땅입니다."

파홈은 떠날 준비를 마치고 하늘을 쳐다보며 몸을 흔들어 해가 솟아오르기를 기다리면서 생각했다.

'절대로 시간을 낭비하면 안 되지. 이렇게 서늘한 아침에 많이 걷는 것이 편할 것이다.'

해가 뜨자 파홈은 괭이를 메고 언덕을 내려갔다. 그는 조급하게 걷지도 않고 너무 느리지도 않은 걸음으로 앞으로 나아갔다. 10정보쯤 가서 구덩이를 파고 잔디를 그 속에 집어넣었다. 그의 걸음은 자꾸 빨라져 갔다. 파홈은 뒤를 돌아보았다. 출발 지점은 해가 내리쬐어 뚜렷이 잘 보였다. 한참 동안 걸어왔는데 15리는 온 것 같았다. 차츰 더워져 옷을 벗어 들고 앞으로 나아갔다. 아마도 아침 식사 시간이 된 것 같았다.

"벌써 하루의 4분의 1이 지났는데. 그러나 방향을 돌리기에는 너무 빠르지."

그는 신을 벗고 걷기 시작했다.

"신을 벗으니 훨씬 편한데. 앞으로 10리나 15리쯤 나아가다가 왼쪽으로 구부러져 돌아가야지. 너무 땅이 좋아서 그대로 돌아가기가 아쉬운걸. 앞으로 나아갈수록 더욱 땅이 좋은 것 같은데."

그는 자꾸만 앞으로 나아가고 있었다. 뒤돌아보자 출발점인 언덕이 희미하게 보이고 그곳 사람들은 개미처럼 보였다.

"이제는 여기서 방향을 돌려야지. 목도 타는군."

파홈은 그곳에 지금 것보다 더욱 큰 구덩이를 만들고 잔디를 넣고는 물통을 열어 물을 마신 뒤 왼쪽으로 방향을 돌렸다. 그곳으로 가니 풀이 점점 무성해지고, 점점 더워졌다. 파홈은 온몸의 기운이 빠지고 몹시 피곤했다. 태양은 높이 떠서 정오가 되었다.

"여기서 쉬어 가지 않으면 안 되겠다."

파홈은 잠시 쉬면서 물과 빵을 먹었다. 그러고는 다시 걷기 시작했다. 빵을 먹었기 때문에 힘도 솟았다. 그러나 햇살이 워낙 따갑게 내리쬐어 걷다가도 졸음이 왔다. 그래도 걸음을 멈출 수가 없었다. 한 시간 견디는 일이 평생의 이득을 가져온다고 생각했다.

파홈은 왼쪽으로 꺾어져 계속 걸었다. 다시 왼쪽으로 돌려고 생각했는데 앞을 바라보니 습기찬 땅이 있는 게 버리기에는 너무나 아까운 땅이었다. 그래서 그 습기찬 땅까지 전진하고야 왼쪽으로 돌았다. 파홈은 언덕 쪽을 보았으나 더운 기운에 아른거릴 뿐 아무것도 보이지 않았다.

파홈은 그제야 생각했다.

'내가 너무 욕심을 부렸군. 땅은 이것으로 충분하니까 이제는 빨리 돌아가야지.'

그는 걸음을 재촉했다. 그래도 겨우 5리밖에 나아가지 못했다. 출발점까지는 아직 10리나 남아 있었다.

'안 되겠군. 모양이 꾸불꾸불한 땅이라도 이젠 할 수 없군. 곧바로 출발점으로 가야겠다.'

이렇게 생각한 파홈은 그곳에 구덩이를 파서 표시로 삼고 곧바로 출발점인 언덕으로 향했다.

9

파홈은 지칠 대로 지쳐 있었다. 온몸은 땀으로 젖었고 맨발은 상처투성이고 힘이 빠져 제대로 걸을 수가 없었다. 이러다가는 해가 지기 전에 출발점에 도달하기 어렵겠다고 생각했다. 태양은 기다려 주지 않고 자꾸만 기울어 갈 뿐이었다.

"야단났는데. 내가 너무 욕심을 냈는가 보다. 시간을 못 지키게 된다면 어떡하지?"

파홈은 걸음을 재촉했다. 출발점까지는 아직 먼데 해는 벌써 지평선에 기울고 있었다. 그는 뛰기 시작했다. 몸에 붙은 거추장스런 것은 모두 벗어 던지고 괭이만을 쥐고 뛰었다.

"아! 나는 너무 욕심을 부렸어. 내 욕심 때문에 본전마저 잃게 된 거야. 아무리 애써도 해지기 전까지 출발점에 돌아갈 수는 없다."

또 뛰었다. 숨이 막혀 왔다. 심장마비라도 일으킬 것 같은 생각이 들었다. 그러나 쉬고 싶지는 않았다.

"여기서 포기할 수는 없어!"

파홈은 계속 뛰고 있었다. 갑자기 사람들의 소리가 들렸다. 출발점이 가까워진 것이다. 언덕 위에서 파홈을 향해 외치는 소리가 들려왔다. 그 함성을 듣자 파홈의 심장은 더욱 격렬하게 뛰었다. 파홈은 있는 힘을 다해 뛰었다. 태양은 이미 지평선에 기울어 있었다. 동시에 출발점도 눈앞에 보였다. 그는 언덕 위에서 함성을 지르는 사람들을 볼 수 있었다. 땅 위에 놓인 촌장의 털모자도 보였다. 그러자 오늘 아침의 꿈이 생각났다.

'땅은 원대로 많아졌으나 하나님께서는 그 땅에 나를 살게 하실지는 의문이야. 아! 나는 이제 틀렸어!'

파홈은 태양을 쳐다보았다. 해는 지면 밑으로 묻혀 버렸다. 파홈은 최후의 힘을 쏟아 넘어질 듯 앞으로 내디뎠다. 태양은 벌써 가라앉은 것이다. 파홈은 깜짝 놀랐다.

"아! 이 고생도 수포로 돌아갔구나!"

그는 단념하고 멈춰 서려 했으나 바슈키르 사람들의 함성이 언덕 위에서 들려 왔다. 그렇지! 나는 언덕 아래 있기 때문에 해가 떨어진 것으로 생각되지만 언덕 위에서는 아직 해가 있을 것이다.

파홈은 힘을 내어 언덕 위로 뛰어 올라갔다. 언덕 위에는 아직 햇빛이 있었다. 모자도 거기에 있었고, 촌장도 그 옆에서 불길하게 큰 소리로 웃고 있었다. 그는 다리의 힘이 빠져 앞으로 넘어졌다. 그리고 출발점의 표지인 모자에 손이 닿았다.

"아, 참으로 훌륭하다!"

촌장이 소리쳤다.

"진짜 좋은 땅을 차지했습니다."

파홈의 머슴이 달려가 주인을 일으키려고 했지만 그의 입에서는 피가 흐르고 있었다. 이미 죽은 것이다. 바슈키르 사람들은 혀를 차며 매우 애석해했다.

파홈의 머슴은 주인이 가진 괭이를 가지고 파홈을 위해 그가 누울 수 있는 6척의 구덩이를 팠다. 그리고 그곳에 파홈의 시체를 묻었다.

바보 이반

1

옛날 어느 나라에 부유한 농부가 살고 있었다. 이 부유한 농부에게
는 세 아들, 즉 군인인 세몬, 배불뚝이 타라스, 바보 이반과 귀가 먹고
벙어리인 딸 말라냐가 있었다. 군인인 세몬은 임금님에게 봉사하여
전쟁터에 나갔고, 배불뚝이 타라스는 성안의 상인에게 장사하는 방
법을 배우러 갔으며, 바보 이반은 누이동생과 같이 집에서 열심히 일
하고 있었다.

군인 세몬은 전쟁터에서 돌아와 어떤 귀족의 딸과 결혼했으며, 높
은 벼슬과 많은 땅을 갖고 있었다. 세몬은 보수도 많고 땅도 많았으
나, 언제나 수지가 맞지 않았다. 왜냐하면 남편은 열심히 돈을 벌었

으나 사치가 심한 아내가 돈이 들어오기가 바쁘게 다 써 버렸기 때문이다. 그래서 군인인 세몬이 직접 도지세(賭地稅)를 받으러 소작인들을 찾아갔다. 그러나 소작인들은 이렇게 말했다.

"도지세를 낼 수가 없습니다. 우리에게는 가축이나 농기구, 말이나 소도 없는 처지입니다. 먼저 그런 것이 있어야 농사를 짓습니다. 그래야 이윤이 생기는 것입니다."

그래서 세몬은 아버지를 찾아갔다.

"아버지, 아버지께서는 많은 재산이 있으면서도 저에게는 주시지 않았습니다. 저에게 토지를 3분의 1만 주십시오. 그러면 나의 소유로 이전하겠습니다."

그러자 노인이 말했다.

"너는 살아오면서 지금까지 집에 보태 준 것이 있느냐? 어떻게 땅을 3분의 1이나 달란 말이냐? 그러면 저 가련한 이반과 네 누이동생이 좋아하지 않을 것이다."

그러자 세몬이 말했다.

"그러나 이반은 바보가 아닙니까? 또 말라냐는 귀머거리에다 벙어리입니다. 그런 애들에게 무엇이 필요하겠어요."

이 말을 듣고 노인은 다음과 같이 말했다.

"그러면 이반의 얘기를 한번 들어보자. 뭐라고 말하나."

그런데 이반은 아주 쉽게 응했다.

"그런 부탁이라면 들어주세요, 아버지."

군인 세몬은 3분의 1의 땅을 얻어 자기 앞으로 이전하고 다시 임금님에게 봉사하러 떠났다.

한편 배불뚝이 타라스도 그동안 돈을 많이 모아 상인의 딸과 결혼했다. 그러나 타라스 역시 불만이었다. 그래서 아버지에게 찾아와 이렇게 말했다.

"저에게도 얼마의 땅을 주십시오."

그러나 노인은 타라스에게도 주고 싶지 않았다.

"너는 가족을 위해 아무것도 해준 일이 없다. 그리고 집에 있는 것은 모두 이반이 벌어들인 것이다. 나는 그애하고 네 누이동생을 서운하게 하고 싶지 않다."

그러자 타라스가 말했다.

"저런 바보 녀석에게 무엇이 필요합니까? 이반은 장가도 갈 수 없을 겁니다. 누가 저런 바보에게 시집을 옵니까? 또 벙어리인 누이도 그렇죠. 누이에게도 역시 필요한 것은 아무것도 없습니다. 그렇지 않느냐, 이반? 집에 있는 곡식 중 절반만 나에게 다오. 그리고 나는 농기구 같은 것은 필요 없어. 가축 중에서 회색 말이나 한 마리 갖겠다. 저 말은 농사 짓는 데 필요한 것도 아니니까."

이반은 조용히 웃으며 말했다.

"좋을 대로 하십시오. 나야 또 잡아 오면 그만입니다."

이반은 쾌히 승낙했다.

이렇게 해서 타라스도 제 몫을 가져갔다. 타라스는 곡식을 시장으로 내갔다. 말도 끌고 갔다. 이반은 이전과 다름없이 늙고 뼈가 앙상하게 드러난 암말 한 마리로 농사를 지어 부모님을 공양했다.

2

두목 도깨비는 이들 형제가 재산을 나누어 갖는데도 싸움 한 번 하지 않고 사이좋게 헤어진 것이 아주 기분이 상했다. 그래서 그는 작은 도깨비 셋을 불렀다.

"자, 봐라. 저 인간 세상에 세 형제가 살고 있지 않느냐. 세몬이란 군인과 배불뚝이 타라스, 그리고 바보 이반 말이다. 나는 저 녀석들에게 싸움을 걸어야겠는데 모두 사이좋게 지낸단 말이다.. 특히 저 바보 이반이란 놈이 어찌나 마음이 착하던지 내 일을 엉망진창으로 만들지 뭐냐? 이제부터 너희 셋은 저 세 녀석들에게 달라붙어 무슨 방법을 쓰더라도 서로 물어뜯는 싸움이 벌어지도록 훼방을 놓아라. 어떠냐? 자신 있느냐?"

"네, 자신 있고말고요."

"그러면 어떻게 할 셈이냐?"

"네, 그것은 이렇게 하려고 합니다. 저 녀석들을 먹을 것이 아무것도 없는 가난뱅이가 되게 한 후 세 녀석들을 한군데 모여 살게 합니다. 그러면 녀석들은 분명히 싸움을 하게 될 것입니다."

"그거 좋은 생각이다. 너희들은 제각기 할 일을 알고 있는 모양이군. 가서 저 녀석들의 사이를 끊어 놓기 전에는 절대로 돌아올 생각을 말아라. 만일 그 일에 실패하면 네 놈들의 가죽을 벗길 것이다."

도깨비 셋은 어느 숲 속으로 들어가 어떻게 할 것인가를 의논하기 시작했다. 서로가 쉬운 일을 맡겠다고 오랫동안 싸우다가 겨우 제비뽑기를 해서 누가 누구를 맡을 것인지를 결정했다. 그리고 조금이라도 자기 일이 일찍 해결되는 자는 다른 자를 도와 주어야 한다고 결정했다. 도깨비 셋은 제비를 뽑고 나서 언제 다시 이곳에서 만날 것인지를 정하고, 누가 일을 끝마치면 또 누구를 도우러 가야 하는지를 그날 정하기로 했다. 도깨비 셋은 저마다 자기가 맡은 대로 행동할 것을 다짐하고 헤어졌다.

마침내 모이기로 한 그날이 되자 도깨비 셋은 약속대로 숲 속에 모였다. 그리고 자기가 맡은 일을 어떻게 처리했는지 얘기하기 시작했다. 그중에서 군인인 세몬에게 갔다 온 첫째 도깨비가 말했다.

"내가 맡은 일은 아주 잘됐어. 세몬이란 녀석은 내일 자기 아버지를 찾아갈 거야."

그때 동료 도깨비들이 물었다.

"그래, 너는 어떻게 했는데?"

"나는 말이야, 먼저 세몬에게 쓸데없는 용기를 불어넣어 주었지. 그랬더니 그 녀석은 자기 임금에게 온 세계를 정복하겠다고 큰소리치며 약속을 했지. 그러자 임금은 세몬을 대장으로 임명하고 인도를 정복하라고 보낸 거야. 모두들 정복하러 가겠다고 모였어. 그런데 나는 바로 그날 밤 세몬이 이끄는 군대의 화약을 전부 물에 적셔 놓고, 인도 임금에게로 달려가서 짚으로 허수아비 군대를 많이 만들어 놓게 했지. 세몬의 군사들은 사방에서 밀려드는 인도의 허수아비 군병들을 보고는 잔뜩 겁을 먹고 얼어 버렸지. 세몬이 '쏘아라.' 하고 명령을 내렸지만, 대포나 총이 나가지 않았거든. 세몬의 군사들은 완전히 사기가 떨어져 도망쳐 버렸어. 마치 양떼처럼. 그때 기회를 놓칠세라 인도 임금이 그들을 모조리 쳐부수었지. 그래서 세몬은 패장이 되어 돌아오자, 임금은 세몬의 땅을 몰수하고 내일 그에게 사형을 집행하려는 참이야. 내가 할 일은 이제 하루 일만 남았을 뿐이야. 다시 말하면, 세몬을 감옥에서 나와 집으로 도망치게 하는 그 일뿐이란 말이야. 내일은 모든 일이 끝장이 나니까 너희들 중에서 누가 내 도움이 필요한지 말해 봐."

타라스를 공략하러 갔다 돌아온 도깨비도 자기가 한 일에 대해서 말했다.

"나는 도움이 필요 없어. 내 일도 아주 잘되어 가고 있으니까. 타라스란 녀석도 이제 일주일 이상은 더 버티지 못할 거야."

그 도깨비가 계속 말했다.

"나는 먼저 그놈을 욕심쟁이가 되게 했지. 그랬더니 녀석은 남의 재산까지 무조건 탐을 내어 닥치는 대로 모두 갖고 싶은 생각을 한 거야. 돈을 있는 대로 털어 뭐든 사 버렸지. 그래도 모자라 계속 사들이는 참이야. 지금은 빚을 내서까지 사들이는 형편이야. 그런데 너무

사들였기 때문에 어떻게 수습해야 할지를 몰라 쩔쩔매고 있어. 일주일 후에는 그동안 사들인 물건의 외상값과 돈을 지불해야 할 텐데. 나는 그동안에 그 녀석의 물건들을 전부 기름 무더기로 만들어 놓을 작정이야. 그러면 그 녀석은 분명 빚을 못 갚고 자기 아버지에게로 달려갈 거야."

그리고 마지막 이반에게 갔다 온 셋째 도깨비에게 물었다.

"네가 맡은 일은 어떻게 됐지?"

"그런데 사실은 말이야, 내 일은 왠지 잘 풀리질 않아. 나는 먼저 그 녀석이 배탈이 나게 할 양으로 놈의 크바스를 담은 병 속에 독침을 넣고, 그 녀석의 밭으로 가서 땅을 돌처럼 딱딱하게 만들어 버렸지. 이쯤 되면 녀석도 밭을 갈지 못하려니 생각했는데, 아 바보 같은 이 녀석은 그 정도는 신경 쓰지 않고 묵묵히 쟁기로 밭을 갈아 버리는 거야. 배탈이 나 끙끙 앓으면서도 계속 가는 거야. 그래서 나는 그 녀석의 쟁기 보습을 부숴 놓았지. 그랬더니 그 녀석은 집에 가서 딴 보습을 가져와 갈아 끼우고 다시 밭을 갈기 시작하는 거야. 그래서 나는 땅속으로 들어가 보습을 붙들어 보려고 안간힘을 썼으나 불가능했어. 그 녀석이 쟁기를 누르는 데다가 보습이 예리해서 내 손이 마구 상처를 입었지. 그러는 사이 녀석은 거의 다 갈아 버리고 이제는 얼마 남지 않았지 뭐야. 그러니 친구들, 나를 도와 주게. 만일 우리가 그 녀석을 해치우지 못하면 우리들 모두의 일은 전부 허사가 되고 말 거야. 그 바보 녀석이 뒤에 남아 농사를 계속하는 한 그 녀석들은 어려움을 당하지 않게 된단 말이야. 그 바보가 두 형들을 돌봐 줄 테니까 말이야."

군인인 세몬을 맡고 있는 도깨비가 내일 도우러 가겠다고 약속했다. 작은 도깨비들은 그렇게 결정하고 일단 헤어졌다.

3

이반은 묵혔던 밭을 거의 갈고 이제는 얼마 남지 않았다. 그는 다 갈아 버리려고 말을 타고 왔다. 배가 아파서 참을 수가 없었으나 마저 갈아 버릴 작정이었다. 그래서 말고삐를 잡아당겨 쟁기를 돌려 갈기 시작했다. 한 번 갔다가 되돌아오려고 하는데 ― 마치 나무 뿌리에 걸린 것처럼 ― 무슨 일인지 쟁기가 나아가지 않았다. 그것은 도깨비가 두 발로 보습 끝을 잡아당기고 있었기 때문이다.

"이상한 일이야. 이곳에 나무 뿌리 같은 것은 없었는데. 그러나 역시 나무 뿌리겠지."

이반은 땅속에 손을 넣었다. 그러자 무엇인가 부드러운 것이 손에 닿았다. 그는 그것을 움켜쥐고 끌어냈다. 나무 뿌리 같은 검은 형체였는데 자세히 살펴보니 살아 있는 도깨비였다.

"아니, 이런 빌어먹을 놈!"

이반은 도깨비를 집어 들어 땅에다 내리쳐 박살을 내려고 했다. 그러자 도깨비는 발버둥을 치면서 애원했다.

"제발 살려 주십시오. 그 대신 뭐든 시키는 대로 하겠습니다."

"그래 뭘 해주겠다는 거냐?"

"무엇을 원하시는지 말씀만 하십시오."

이반은 잠시 머리를 긁었다.

"나는 지금 배가 몹시 아픈데 고쳐 주겠나?"

"그럼요, 고쳐 드리지요."

"어디 그럼 낫게 해보아라."

도깨비는 땅위에 몸을 구부리고 손으로 이리저리 뒤지며 무엇인가를 찾더니 가지가 셋인 조그만 풀뿌리를 뽑아서 이반에게 주었다.

"자, 여기. 이 뿌리 하나만 드시면 어떠한 병이라도 다 낫습니다."

이반은 뿌리 하나를 먹었다. 그러자 정말 신통하게도 금방 나아 버렸다. 도깨비는 다시 애원하기 시작했다.

"이제는 제발 놓아주십시오. 저는 땅속으로 들어가 다시는 나오지 않겠습니다."

"그럼, 잘 가거라!"

그런데 이반의 말이 떨어지기도 전에 도깨비는 물속에 던져진 돌처럼 어느새 땅속으로 사라져 버리고 그저 구멍 하나가 남아 있을 뿐이었다. 이반은 남은 두 가지의 뿌리를 모자 속에 집어넣고 나머지 땅을 다시 갈기 시작했다. 그리고 나머지 이랑을 갈아 버리고 쟁기를 뽑아 놓고 집으로 돌아왔다. 말을 풀어놓고 집 안으로 들어가니 군인 세몬이 그의 아내와 함께 저녁 식사를 하고 있었다. 그는 논과 밭을 빼앗기고, 간신히 감옥에서 도망쳐 나와 아버지한테 얹혀살려고 여기로 달려온 것이었다.

세몬은 이반이 들어오는 것을 보고 이렇게 말했다.

"나는 너에게 신세를 좀 져야겠다. 나와 집사람을 먹여 다오. 새로운 일자리가 생길 때까지만."

"네, 그렇게 하시죠. 여기서 사세요."

이반은 반갑게 맞이하며 대답했다.

그러나 이반이 막 자리에 앉자 이반에게서 나는 땀 냄새가 귀부인의 기분을 상하게 했다. 그녀는 남편에게 말했다.

"고약한 냄새가 나는 농부와 같이 식사를 하는 것은 싫어요."

그러자 군인 세몬이 말했다.

"집사람이 너에게서 나는 냄새가 싫다고 하니 미안하지만 너는 문간에서 먹었으면 좋겠는데."

"그렇게 하시죠. 나는 곧바로 밤일을 하러 갈 시간이 되었으니까요. 말에게도 먹이를 줘야 하고."

이반은 빵과 옷을 들고 밤일을 하기 위해서 밖으로 나갔다.

4

군인 세몬을 맡은 도깨비는 그날 밤 안에 일을 마치고 그들의 약속을 지키기 위해 바보를 골탕 먹이러 이반을 맡은 도깨비 친구를 찾아왔다. 밤이 되어 여기저기 한참 동안을 찾아다녔지만 어디에서도 그 도깨비 친구의 모습을 발견할 수가 없었고, 그저 구멍이 하나 뚫려 있는 것을 발견했을 뿐이다.

"그랬구나……. 이건 분명 동료에게 무슨 나쁜 일이 있었던 모양이야. 그렇다면 그 대신 내가 할 수밖에. 밭은 이제 다 갈아엎었으니까 이번에는 풀밭에 가서 그 바보를 애먹여야지."

도깨비는 목장으로 달려가 이반의 초지(草地)에 큰물이 들게 했다. 땅은 온통 흙탕물 천지가 되었다. 이반은 새벽녘에 가축을 지키다가 돌아와 큰 낫을 들고 풀을 베러 나갔다.

이반은 초지에 도착하자 곧바로 풀을 베기 시작했다. 그런데 여느 때와는 달리 한두 번만 낫질을 해도 날이 무디어져 일을 할 수가 없었다. 이 방법 저 방법 다 써 보았으나 허사였다.

"안 되겠어. 집에 가서 숫돌을 가져와야지. 그 길에 빵도 가져와야지. 설령 일주일이 걸린다 하더라도 다 베기 전에는 여기를 떠나지 않겠어."

도깨비는 이 말을 듣고 중얼거렸다.

"제기랄, 이 녀석은 참으로 멍청하군! 이래선 안 되겠는걸. 다른 수를 써야겠다."

이반은 다시 돌아와 낫을 갈아 풀을 베기 시작했다. 도깨비는 풀 속으로 숨어들어 낫 등에 달라붙어 날을 땅속에 처박기 시작했다. 이반은 힘이 들어 기진맥진하면서도 풀을 거의 다 베었고, 이젠 물이

고인 늪지만 남았을 뿐이다. 도깨비는 늪 속으로 숨어 들어가 이렇게 생각했다.

'내 손이 잘리더라도 절대로 베지 못하게 해야지.'

이반은 늪지대에 왔다. 풀이 그렇게 억세지도 않은데 어쩐지 낫이 말을 듣지 않았다. 이반은 화가 나서 있는 힘을 다해 낫질을 해댔다. 도깨비는 도저히 배겨날 수가 없었다. 낫을 피하기조차 힘들어서 숲 속으로 숨어 버렸다. 이반이 낫을 힘껏 휘둘러 숲을 치는 바람에 도깨비의 꼬리가 절반이나 잘려 나갔다. 이반은 그 많은 풀을 다 베고 나서 누이동생에게 그것을 긁어모으라고 말하고, 이번에는 호밀을 베러 갔다.

이반이 갈고랑이 낫을 가지고 호밀밭에 갔더니 꼬리 잘린 도깨비가 어느새 와서 호밀을 마구 짓밟아 놓아서 갈고랑이 낫으로는 도저히 벨 수가 없을 것 같았다. 그래서 이반은 집으로 돌아가 다시 보통 낫을 가지고 와 모두 베어 버렸다.

"자, 이번에는 귀리를 베어야지."

꼬리 잘린 도깨비는 이 말을 듣고 이렇게 생각했다.

'이번에는 진짜 골탕을 먹여야지. 어디 내일 아침에 두고 보자!'

다음날 아침 도깨비는 귀리밭에 달려가 보았다. 그런데 이 어찌 된 일인가! 귀리는 벌써 다 베어져 있었다. 귀리가 떨어지는 것을 적게 하려고 밤새 다 베어 버렸던 것이다. 도깨비는 약이 바짝 올랐다.

"저 바보 녀석은 내 꼬리를 잘라 버리고 또 나를 괴롭히고 있다. 전쟁에서도 이처럼 고전한 일은 없다. 저 바보 녀석은 밤에도 잠을 자지 않으니 별도리가 없는걸. 그러나 이번에는 호밀 더미에 숨어 들어가 모두 썩혀 버려야지."

도깨비는 호밀 더미가 있는 곳으로 가 그 더미 속에 숨어 들어가서 호밀을 썩히기 시작했다. 그런데 그것을 썩히기 위해 따뜻하게 하는 바람에 자기도 모르게 잠이 들어 버렸다.

한편 이반은 암말에 수레를 채우고 누이동생과 함께 호밀을 나르러 왔다. 호밀 더미로 다가와 호밀을 짐수레에 싣기 시작했다. 두어 단 정도 던져 올리고 꾹꾹 누르자 이상한 감촉이 느껴졌다. 도깨비의 등을 눌러 버렸던 것이다. 이반은 단을 치켜들어 보니 꼬리가 잘린 도깨비가 손끝에 매달려 버둥거리면서 빠져나가려고 애를 쓰고 있었다.

"아니, 이것 봐라. 뭐 이렇게 못된 것이 있어. 다시는 안 나온다더니 또 나왔구나?"

"저는 아닙니다. 지난번에는 나의 친구였어요. 저는 당신의 형인 세몬에게 붙어 있었던 놈입니다."

"그래, 네가 어떤 놈이건 상관없다. 똑같은 꼴로 만들어 주어야 겠다."

이반이 땅바닥에 내리쳐 박살을 내려고 하는데 도깨비는 이렇게 애원하는 것이었다.

"제발 용서해 주십시오. 다시는 나타나지 않겠습니다. 놓아주신다면 당신이 바라는 것은 무엇이든 해드리겠습니다."

"그렇게 하지. 그런데 무엇을 할 수 있다는 거냐?"

"저는 원하신다면 어떤 것으로도 군병을 만들어 낼 수 있습니다."

"그러나 그까짓 군병이 내게 무슨 소용이 있겠나?"

"아닙죠. 이쪽 생각대로 그들은 무엇이나 해드립니다."

"노래도 부를 수 있단 말이냐?"

"부르고말고요."

"어디 한번 해보아라."

그러자 도깨비는 이렇게 말했다.

"이 호밀단을 한 단 들어 땅 위에 세워 놓고 흔들면서 그저 이렇게 말하기만 하면 됩니다. '내 종이 내리는 명령이다. 다발이 아니고 호밀짚 수만큼 군병이 되어라.'"

이반은 호밀단을 땅바닥에 세워 놓고 흔들면서 도깨비가 말한 대로 명령을 내렸다. 그러자 호밀단이 점점 흩어져 수많은 군병이 되었으며 앞에는 나팔을 불고 북을 치는 군병이 되었다. 이반은 너무나 신기하고 재미있어 큰 소리로 웃었다.

"네 놈은 여간한 재주꾼이 아니군! 이것을 계집애들이 보면 기뻐하겠는걸."

"그럼 이제 저를 놓아주세요."

"아니야, 호밀단으로 군병을 만들면 곡식을 버리게 되니 이 군병들을 다시 호밀단으로 되돌려 놓는 방법을 알려 주어야지."

그러자 도깨비는 말했다.

"이렇게 하면 됩니다. '군병의 수만큼 호밀단이 되어라. 내 종의 명령이다.'"

이반이 그대로 말하니까 다시 다발이 되었다. 도깨비는 다시 애원하기 시작했다.

"이제는 저를 놓아주세요."

"좋아, 놓아주지."

이반은 도깨비를 땅바닥에 내려놓고 갈퀴에서 놓아주었다.

"안녕."

그런데 이반의 말이 채 끝나기도 전에 도깨비는 물속에 던져진 돌처럼 땅속으로 눈 깜짝할 사이에 들어가 버렸다. 그곳에는 구멍이 하나 남아 있을 뿐이었다.

이반은 집으로 돌아왔다. 집에는 둘째 형인 타라스가 아내와 함께 와서 저녁을 먹고 있었다. 배불뚝이 타라스는 빚을 갚지 못하자 남몰래 도망쳐 나와 아버지에게 온 것이었다. 그는 이반을 보자 사정했다.

"이반, 내가 다시 장사를 시작할 때까지 집사람하고 나를 좀 먹여다오."

"그렇게 하세요."

이반은 옷을 벗고 식탁에 앉았다. 그러자 상인의 아내가 얼굴을 찌푸리며 입을 열었다.

"나는 바보와 같이 밥을 먹을 수가 없어요. 저 사람은 고약한 냄새가 나서 말이에요."

그러자 타라스가 말했다.

"이반아, 너는 냄새가 많이 나는구나. 저기 문간에서 먹어라."

"네, 그렇게 하죠."

이반이 대답했다. 그리고 자기 몫의 빵을 가지고 밖으로 나갔다.

"그러잖아도 밤일을 나갈 시간이 되었으니까요. 말에게도 먹이를 주어야 하고."

5

셋째 도깨비는 그날 밤에 일이 끝나 약속한 대로 친구를 도우려고, 다시 말해 이반을 골탕 먹이려고 타라스가 있는 곳에서 달려왔다. 밭에 나가 여기저기 친구를 찾아보았으나 어디에도 없었고, 다만 늪에서 잘린 동료의 꼬리만 발견했을 뿐이었다. 그리고 호밀을 베어낸 자리에서 또 하나의 구멍을 발견했다.

"이건 아무래도 동료들에게 심상치 않은 일이 일어난 모양이다. 그렇다면 내가 그들을 대신해서 그 바보 녀석을 꺾어 버려야지."

도깨비는 이반을 찾으러 탈곡장으로 갔다. 그러나 이반은 벌써 들일을 마치고 숲 속에서 나뭇가지를 치고 있었다.

집에 와 있는 두 형제는 같이 사는 생활에 싫증을 느끼기 시작했다. 그래서 자기네들끼리 따로 살 집을 지을 나무를 베어 달라고 이 반에게 찾아왔다. 도깨비는 숲 속으로 달려가 나무에 기어올라 이반 이 나뭇가지를 베어 눕히는 것을 방해하기 시작했다.

이반은 될 수 있는 대로 나무가 쓰러질 때 가지에 걸리지 않게 하려고 먼저 나무 밑을 잘라 놓고 넘어지게 하려 했으나, 이상하게 다른 방향으로 쓰러져 나뭇가지에 걸리는 것이었다. 이반은 지렛대를 만들어 여기저기로 그 방향을 틀어 겨우 나무를 쓰러뜨렸다. 계속 나무를 벨 때마다 마찬가지로 몹시 힘을 들이면서 겨우 쓰러뜨리곤 했다.

이반은 한 50그루쯤은 벌목할 생각이었으나, 의외로 힘이 들어 아직 10그루도 베지 못했는데 날이 어두워지고 있었다. 그리고 너무 지쳐 있었다. 그 몸에서 김이 무럭무럭 나서 마치 안개처럼 숲 속에 피어올랐는데도 그는 쉬지 않고 일을 했다. 그는 또 한 그루를 베어 눕혔다. 그러고 나니 몸에서 힘이 빠지고 등이 쑤시기 시작했다. 그래서 도끼를 나무에 박아 놓고 조금 쉬려고 앉았다. 도깨비는 이반이 지쳐서 잠잠해진 것을 알고 기뻐했다.

"그러면 그렇지. 이제는 지쳤군. 나도 이젠 좀 쉬어 볼까."

도깨비는 나뭇가지에 걸터앉아 내심 기뻐하고 있었다. 그런데 이반은 다시 도끼를 들고 반대쪽에서 나무를 내리쳤다. 나무는 별안간 우지직 소리를 내며 쪼개지면서 쓰러졌다. 도깨비는 너무나 갑작스런 일을 당해 미처 피할 겨를도 없이 가지가 부러지는 바람에 손이 그 사이에 끼이고 말았다.

이반은 또 한 번 놀랐다.

"아니, 이 고약한 놈이 다시 나타났구나!"

"저는 아닙니다. 당신의 형님 타라스에게 붙어 있었던 놈이에요."

"아니다, 네가 어디 있었건 내가 취할 행동은 마찬가지다."

이반은 도끼를 번쩍 치켜들어 등으로 내리쳐 도깨비를 죽이려고
했다. 도깨비는 쩔쩔매며 애원했다.

"제발 내리치지 마십시오. 원하는 것은 무엇이든 하겠습니다."

"대체 네가 무엇을 할 수 있다는 거냐?"

"나는 당신이 원하는 만큼의 돈을 만들어 드릴 수가 있습니다."

"그럼, 어디 한번 만들어 보아라."

그래서 도깨비는 이반에게 이렇게 말했다.

"이 떡갈나무 잎을 들고 두 손으로 문지르십시오. 그러면 금화가
땅바닥에 떨어질 것입니다."

이반은 나뭇잎을 들고 문지르기 시작했다. 그랬더니 과연 누런 금
화가 잔뜩 쏟아지는 것이었다.

"그것 참 재미있겠는데. 어린애들하고 놀기에 안성맞춤이야."

"그러면 저를 놓아주시는 거죠."

"좋아, 놓아주지!"

이반은 지렛대를 들고 도깨비를 나무 사이에서 빼내 주었다.

"안녕."

그런데 이반의 말이 떨어지자마자 도깨비는 돌이 물속에 던져지기라도 한 것처럼 눈 깜짝할 사이에 땅속으로 숨어 버리고 다만 구멍 하나만 뚫려 있었다.

6

형제들은 집을 지어 따로따로 살기 시작했다. 이반은 들일을 다 마치고 맥주를 만들어 형님들을 초대했다. 그러나 형들은 이반의 초대를 무시해 버렸다.

"우리는 농부들의 음식을 먹어 본 일이 없다."

그들은 이렇게 말하고 참석하지 않았다.

이반은 마을 사람들을 불러 잔치를 베풀고 자기도 마셨다. 그리고 술이 거나하게 취하자 춤판이 벌어진 한길로 나갔다. 이반은 춤판으로 다가가 여자들에게 자기를 칭찬해 달라고 부탁했다.

"그러면 나는 여러분이 여태까지 한 번도 본 일이 없는 것을 주겠어요."

여자들은 모두 웃음을 짓고는 그를 칭찬해 주었다. 그리고 나서 이렇게 말했다.

"이제는 저희들에게 주셔야지요."

"알았어요. 곧 가져다줄게요."

그는 씨앗 상자를 가지고 숲 쪽으로 뛰어갔다. 여자들은 그 광경을 보고 "어머나, 저 바보 좀 보게!" 하고 비웃었다. 그러고는 곧 그의 일을 잊어버렸다.

조금 후, 이반이 돌아오는데 무엇인가를 가득 채운 씨앗 상자를 들고 있었다.

"나누어 줄까요?"

"그것이 무엇인데요? 어디 나누어 주셔요."

이반은 금화를 한 주먹 쥐어 여자들에게 던졌다. 금화가 여자들 앞에 떨어졌다. 갑자기 소란스러워졌다. 여자들은 서로 금화를 주우려고 몰려들었다. 농부들도 앞을 다투어 몰려왔다. 서로 금화를 잡으려고 난장판이 되었다. 어떤 노파는 하마터면 깔려 죽을 뻔했다. 이반은 이 광경을 보고 계속 웃어댔다.

"서로 싸우지 말아요. 더 가져다줄 테니까."

그는 다시 금화를 뿌리기 시작했다. 수많은 사람들이 연방 떼지어 몰려왔다. 이반은 상자에 있는 것을 모두 뿌려 버렸다. 그래도 모인 무리들은 더 달라고 난리였다. 그래서 이반이 말했다.

"이제는 다 없어졌어요. 다음에 또 주지요. 자, 이제는 춤을 출까요. 재미있는 노래를 불러 봐요."

여자들은 춤을 추며 노래를 부르기 시작했다.

"여러분의 노래는 재미가 없는데요."

여자들이 물어 보았다.

"그럼 어떤 노래가 재미있지요?"

"내가 그대들에게 보여 주지요."

이반은 헛간으로 가서 호밀단을 하나 들고 알곡을 털어 버리고 그것을 세워 놓고 흔들면서 말했다.

"내 종의 명령이노라. 묶은 단 그대로가 아닌 호밀짚 수만큼 병정이 되어라."

그러자 호밀단이 흩어져서 군병이 되더니 북과 나팔을 불며 쿵쿵거렸다. 이반은 군병들에게 노래를 부르라고 명령하고 그들과 함께 한길을 행진했다. 사람들은 눈이 휘둥그레졌다. 군병들은 노래를 부르고 있는데 이반은 누구도 자기를 따라와서는 안 된다고 말하고, 그들을 다시 헛간으로 데리고 가 원래대로 다발을 지어 호밀단이 되게 하고 그것을 건초 더미 위에 던졌다. 그리고 집에 돌아와 잠자리에 들었다.

7

다음날 아침, 맏형인 세몬이 어제 일어났던 사건을 알고 이반을 찾아왔다.

"나에게 모두 얘기해라. 너는 도대체 그 군병을 어디서 데려와서 어디로 데려갔지?"

"그것을 알아 무엇 합니까?"

"무얼 하겠느냐고? 군병만 있으면 뭐든지 할 수 있어. 한 나라를 얻을 수도 있어."

이반은 깜짝 놀랐다.

"그럼 왜 빨리 말씀하시지 않으셨습니까? 그러면 원하시는 대로 만들어 드리죠. 마침 누이동생과 둘이서 호밀단을 많이 마련해 두었으니까요."

이반은 맏형을 헛간으로 데리고 가서 이렇게 말했다.

"군병은 원하는 대로 만들어 드리겠습니다. 그러나 그 군병을 데리고 떠나야 합니다. 그렇지 않고 그 군병들을 먹여 살리려면 하루에 온 마을의 양식이 다 없어지니까요."

군인인 세몬은 군병을 다 데리고 가겠노라고 약속했다. 그래서 이반은 군병들을 만들어 내기 시작했다. 그는 호밀단을 탈곡장에 내리쳤다. 그러자 1개 중대의 군병이 나타났다. 또 한 번 내리치니 또 1개 중대가 되었다. 이리하여 그는 온 들판이 가득 채워질 만큼 수많은 군병을 만들어 냈다.

"어떻습니까? 이제는 됐습니까?"

세몬은 매우 기뻐 어쩔 줄을 몰라하며 말했다.

"됐어, 이제 그만해. 고맙다, 이반."

"아닙니다, 만일 더 필요하시다면 언제든지 말씀하십시오. 얼마든지 만들어 드리겠습니다. 요즘은 호밀짚이 많이 있으니까요."

군인인 세몬은 군대를 통솔하여 행렬을 갖추고 싸움터로 나갔다. 군인인 세몬이 떠나자 이번에는 배불뚝이 타라스가 찾아왔다. 그도 어제의 사건을 알고 있었던 것이다. 그래서 이반에게 이렇게 부탁했다.

"똑바로 말해 다오. 그래 너는 그 금화를 어디서 가져왔지? 만일 나에게 마음대로 쓸 수 있는 돈이 있다면 나는 그걸로 온 세상의 돈을 가질 수 있단 말이다."

이반은 깜짝 놀랐다.

"그렇습니까? 아 진작 말씀을 하시지 않고요. 형님이 원하시는 대로 해드리겠습니다."

형은 매우 기뻐했다.

"나는 씨앗 상자로 세 상자만 채우면 된다."

"그렇게 해드리죠. 숲 속으로 가시죠. 말을 준비해 가야겠어요. 운반하기가 힘들 테니까요."

두 형제는 숲으로 갔다. 이반은 떡갈나무에서 잎을 따서 문지르기 시작했다. 금화가 뚝뚝 떨어져 수북이 쌓였다.

"이만하면 돼요?"

타라스는 기뻐서 어쩔 줄을 몰랐다.

"그래, 충분하다. 고맙다, 이반."

"아닙니다, 더 필요하실 때에는 언제든지 오십시오. 얼마든지 만들어 드리겠습니다. 나뭇잎은 많이 있으니까요."

배불뚝이 타라스는 말에다 금화를 가득 싣고 장사를 하러 떠났다.

이렇게 하여 두 형들은 떠났다. 세몬은 전쟁터로 갔고, 타라스는 장사를 시작했다. 군인인 세몬은 나라를 정복하고, 배불뚝이 타라스는 큰 재산을 모았다.

어느 날, 이들 형제는 한자리에 모였다. 그동안의 일을 숨김없이 털어놓았다. 세몬은 어디서 군대를 얻었는지에 대해서, 또 타라스는 어디서 밑천을 잡았는지에 대하여.

군인인 세몬은 아우에게 말했다.

"나는 나라를 얻어 잘 지내고 있기는 하나 다만 돈이 부족하단 말이야. 군병을 먹여 살릴 돈이 말이야."

그러자 배불뚝이 타라스가 말했다.

"나는 말이에요, 돈은 모았는데 한 가지 곤란한 일은 그것을 지켜 줄 자가 한 명도 없다는 사실입니다."

이리하여 두 형제는 이반에게 찾아왔다. 이반의 집에 도착하자 세몬은 이렇게 말했다.

"이반아, 아무래도 군병이 좀 모자란다. 그러니 군병들을 더 만들어 주었으면 좋겠다. 한두 짚단만이라도."

이반은 고개를 내저었다.

"안 돼요. 더 이상 군병들을 만들어 드리지 않겠습니다."

"왜 그러는 거야? 지난번에는 필요할 때에 얼마든지 만들어 주겠다고 말했지 않아?"

"그랬죠. 그렇지만 이제는 더 이상 만들어 드리지 않겠습니다."

"도대체 왜 그래? 이 바보 녀석아!"

"왜냐하면 형님의 군병이 살인을 했기 때문입니다. 요즘의 일인데요, 내가 길가의 밭을 갈고 있으려니 한 부인이 그 길로 관을 메고 가면서 통곡하고 있잖아요. 그래서 나는 누가 죽었나 하고 물어 보았죠. 그랬더니 그 부인이 이렇게 말하는 것이었습니다. '세몬의 군병들이 전쟁에서 내 남편을 죽여 버렸습니다.' 라고 말이에요. 군대란 노래만 하는 것으로 알았는데 사람을 죽였단 말이에요. 그러니까 나는 이제 더 이상 군병을 만들지 않기로 결심했어요."

이렇게 말하면서 이반은 더 이상 군병을 만들지 않았다.

한편 배불뚝이 타라스도 이반에게 금화를 더 만들어 달라고 사정했다. 이반은 고개를 내저으며 안 된다고 말했다.

"이제 더 이상 금화를 만들지 않겠습니다."

"왜? 너는 처음에는 얼마든지 만들어 주겠다고 말했잖아?"

"약속은 했었죠. 하지만 이제는 더 이상 만들지 않겠어요."

이반은 단호히 거절했다.

"이 바보야! 어째서 만들지 않겠다는 거야?"

"왜냐하면 형님의 금화가 미하일로프에게서 암소를 빼앗아 갔기 때문이죠."

"어떻게 빼앗겼다는 거냐?"

"미하일로프에게 암소 한 마리가 있어서 어린아이들이 그 우유를 마시고 있었대요. 그런데 얼마 전에 그 아이들이 찾아와 우유를 달라고 계속 졸라대는 거에요. 그래서 나는 그 아이들에게 너희 암소는 어떻게 했니 하고 물었더니 끌려갔다는 거예요. 누가 끌고 갔느냐고 했더니, 타라스의 관리인이 찾아와 엄마에게 금화 세 닢을 주니까 그 사람에게 암소를 주어 버렸다고 말하더라고요. 그래서 그 아이들은 이제 먹을 우유가 없어졌어요. 나는 형님이 금화를 한갓 장난감으로 삼고 있는 줄 알았는데, 어린아이들에게서 암소를 빼앗아 가 버렸어요. 나는 이제 절대로 형님에게 금화를 만들어 드리지 않겠습니다."

이반은 좀처럼 자기 고집을 꺾지 않고 더 이상 금화를 만들어 주지 않았다. 그래서 두 형들은 헛수고만 하고 집으로 돌아갔다. 돌아가는 길에 어떤 방법으로 서로의 곤경을 도울 것인가에 대하여 의논했다. 세몬이 이렇게 말했다.

"이러면 어떨까? 네가 나에게 군병들을 먹여 살릴 돈을 주고, 나는 너에게 군대 절반을 보낼게. 네 재산을 지키도록 말이다."

타라스도 동의했다. 두 형제는 가지고 있는 소유를 나누어 갖고 둘 이 다 같이 임금이 되고 부자가 되었다.

8

그러나 이반은 줄곧 자기 집에서 살면서 부모를 섬기고 벙어리 누 이동생과 함께 들에서 일을 하며 열심히 살았다.

그러던 어느 날, 이반네 집의 늙은 개가 병들어 죽게 되었다. 이반 은 그 개를 가엾게 생각하고 벙어리 누이에게서 빵을 받아 모자 속에 넣어 가지고 개에게 던져 주었다. 그런데 모자에 구멍이 뚫려서 빵과 함께 조그만 뿌리 가지 하나가 땅에 떨어졌다. 늙은 개는 빵과 함께 그 뿌리도 먹어 버렸다. 그 뿌리를 먹자마자 갑자기 뛰어오르고 장난을 치기도 하며 힘차게 짖어 대기도 하고 꼬리를 흔들기도 했다. 병이 깨끗이 나은 것이다.

부모들은 깜짝 놀랐다.

"너는 무엇으로 개를 고쳤느냐?"

그러자 이반은 이렇게 말했다.

"저는 어떤 병이든 고칠 수 있는 뿌리를 두 개 가지고 있었는데, 개가 그 뿌리 하나를 먹어 버렸어요."

바로 그 무렵 나라에는 이러한 일이 벌어졌다. 임금의 딸이 병을 얻어 누워 있어서 임금은 방방곡곡에 방을 붙여 누구든지 공주의 병을 고치는 자에게는 큰상을 내릴 것이며, 만일 그 사람이 미혼자라면 공주와 결혼을 시켜 주겠다는 것이다. 이반이 사는 마을에도 물론 이 방이 붙었다.

부모는 이반을 불러 놓고 이렇게 말했다.

"너도 임금의 방문(榜文)에 대해서 들었을 테지? 너는 모든 병을 고친다는 풀뿌리를 가지고 있다고 했는데, 어디 한번 가서 공주님의 병을 고치지 않겠느냐. 그러면 너는 한평생 영화를 누리게 될 게 아니냐."

"그럼 부모님 말씀대로 하죠."

곧바로 떠날 준비를 했다. 부모들이 나들이옷을 입혀 주었다. 이반이 문간으로 나갔는데 그곳에 손이 굽은 여자 거지가 서 있었다.

"소문에 당신은 어떤 병이든 다 고칠 수 있다고 들었는데 내 손도 좀 고쳐 주세요. 이대로는 제 신발도 신지 못해요."

"고쳐 주지."

이반은 풀뿌리를 꺼내어 여자 거지에게 주었다. 여자 거지는 그것을 받아먹었다. 그러자 갑자기 그 여자의 병이 나아 즉시 손을 쓸 수 있게 되었다. 부모들은 이반을 임금에게 데리고 가려고 했다가 이반이 한 개밖에 없는 풀뿌리를 여자 거지에게 주어 버려 공주님을 고칠 수 없게 되었음을 알고 노발대발하며 욕을 퍼부었다.

"이 얼빠진 놈아! 그래 거지 따위는 가엾게 여기고 공주는 가엾게 여기지 않느냐?"

그러자 이반은 공주도 가엾게 생각되었다. 그는 말에 수레를 채우고 급히 짚을 싣고 그 위에 앉아 떠나려고 했다.

"도대체 지금 어디로 가려는 거냐! 이 바보 녀석아!"

"공주님을 고쳐 드리려고 떠나는 거죠."

"그러나 너에게 고쳐 드릴 풀뿌리가 없지 않느냐?"

"걱정할 것 없어요."

이반이 말을 몰아 궁궐 문 앞에 내려서자마자 금세 공주의 병이 나아 버렸다. 임금님은 크게 기뻐하여 사신에게 명령하여 이반을 불러들이라고 이르고 훌륭한 옷을 입혔다.

"지금부터 그대는 짐의 사위로다."

"네, 황공하옵니다."

그리하여 그는 공주와 결혼을 했다. 그리고 얼마 후 임금은 죽었다. 그래서 이반은 임금이 되었다. 이리하여 세 형제는 모두 임금이 되었다.

9

세 형제는 각기 나라를 훌륭히 다스리고 있었다.

맏형인 군인 세몬은 그야말로 풍요롭게 살고 있었다. 그는 짚으로 만든 군병을 기반으로 진짜 군병을 모집했다. 그리고 법을 제정하여 법에 따라 10가구마다 군병 한 명씩을 차출하되, 그 군병은 키가 커야 하고 살갗이 희며 얼굴이 잘생겨야 한다고 전국에 명령을 내렸다. 그는 군병을 많이 모집하여 모두 잘 훈련시켜 놓았다. 왜냐하면 누구나 그에게 대항하거나 복종하지 않는 자가 있으면 이 군병들을 보내 진압하고 다스리는 것이었다. 그래서 모든 사람들은 그를 두려워하게 되었다.

그의 생활은 정말로 호화스러웠다. 그가 생각하는 것, 그의 눈에 보이는 것은 당장 그의 소유가 되었다. 군대만 동원하면 그 군병들은 그가 원하는 것은 무엇이나 탈취하여 가져오기도 하고 끌고 오기도 하는 것이었다.

한편 타라스의 생활도 호화롭기 그지없었다. 그는 이반에게서 얻은 돈을 낭비하지 않고 그것을 밑천으로 큰 재산을 모았다. 그 역시 자기 나라에 그럴듯한 법을 만들었다. 그는 자기 돈은 금고에 넣어두고 백성에게서 교묘히 돈을 뽑아 냈다. 인두세(人頭稅)·주세(酒稅)·결혼세·장례세·통행세·거마세를 비롯하여 심지어는 짚신세·각반세·치장세까지 뜯어내었다. 그에게는 없는 것이 없었다. 백성들은 돈이 없었기 때문에 소나 돼지나 닭 등을 그에게 가져왔고, 그것도 없는 사람은 노역으로써 세금을 대신하기도 했다.

바보 이반의 생활도 그다지 나쁘지는 않았다. 임금의 장례가 끝나자 그는 임금의 의대(衣帶)를 벗어 던지고 그것을 왕비의 옷장에 간직했다. 그리고 자기는 다시 삼베옷에 짚신을 신고 일을 했다.

"나는 도무지 따분해서 못 견디겠다. 배만 자꾸 커지고 마음대로 먹을 수도 잠을 잘 수도 없는 형편이야."

그래서 그는 부모와 벙어리인 누이를 불러오고, 또 옛날처럼 일을 시작했다. 사람들은 그에게 이렇게 말했다.

"그러나 당신은 임금님이 아니십니까?"

"상관없어. 임금님도 먹어야 하니까!"

대신들이 들어와 이렇게 말했다.

"임금을 지불할 국고금이 없사옵니다."

"걱정할 것 없소. 돈이 없으면 주지 않으면 그만이잖소."

"그러면 아무도 일을 하지 않게 될 것입니다."

"그러면 좋을 대로 하라시오. 일을 안 해도 좋소. 결국 자유롭게 일들을 하게 될 테니까. 모두들 거름이나 가져오게 해요. 그자들이 거름을 많이 만들어 놓을 것이니까요."

백성들이 이반에게 재판을 해 달라고 찾아왔다. 한 사람이 이렇게 말했다.

"이놈이 내 돈을 훔쳤사옵니다."

그러자 이반이 말했다.

"아, 그래? 좋아, 좋아! 이 사람은 돈이 필요했던 거야."

모든 사람은 이반이 바보라는 것을 알게 되었다. 그래서 왕비는 그에게 말했다.

"모두들 당신을 바보라고 말하고 있사옵니다."

"아, 걱정하지 말아요."

이반의 아내는 생각에 생각을 거듭했으나 역시 그녀도 바보였다.

"제가 어떻게 남편을 거역할 수 있겠습니까? 바늘이 가는 대로 실은 따라가야 하니까요."

이렇게 말하고 그녀도 왕비의 옷을 벗어 옷장 속에 넣어 두고 벙어리 처녀에게 농사일을 배우러 갔다. 그리고 일을 다 배운 다음 남편을 도왔다.

이반의 나라에서 똑똑한 사람들은 모두 떠나 버리고 남은 사람들은 모두 바보들뿐이었다. 돈이란 것은 어느 누구에게도 없었다. 모두가 스스로 일을 하여 먹고 살았으며 더불어 이웃 사람들도 먹여 살리면서 살아갔다.

10

　도깨비 두목은 작은 도깨비들로부터 어떻게 해서 세 형제를 파멸
시켰는지에 대한 소식이 오기를 학수고대하고 있었다. 그러나 아무
런 소식도 없었다. 그래서 어찌 된 까닭인지 알아볼 양으로 자기가
직접 나서서 이곳저곳 찾아다녔지만, 겨우 찾아낸 것은 세 개의 구멍
뿐이었다.

　"음, 아무래도 실패한 게로군. 그렇다면 내가 직접 해치울 수밖에
없지."

　그는 세 형제를 찾으러 갔으나 그들은 이미 옛날에 살던 곳에는 없
었다. 그는 세 형제를 각기 다른 곳에서 찾아냈다. 셋은 모두 건재하
고 다 나라를 다스리고 있었다.

　"결과가 이러니 내가 직접 나서야겠는걸."

　두목 도깨비는 혼자말로 중얼거렸다.

　그는 우선 군인인 세몬의 나라로 갔다. 그리고 자기 모습 그대로가
아닌 장군으로 위장하여 세몬 왕에게 찾아갔다.

　"듣는 바에 의하면 세몬 왕께서는 훌륭한 군인인 듯합니다. 그러나
신(臣)도 군사(軍事)와 전쟁에 대해서 아는 바가 없사와 전하께 헌신
하고자 합니다만……."

세몬 임금은 그에게 여러 가지를 묻고 그가 꽤 상당한 인물이라는 것을 알았으므로 채용하기로 했다. 새로 기용된 장군은 강력한 군대를 만드는 방법을 세몬 왕에게 제시했다.

"첫째로, 아주 많은 군병을 모집해야 할 필요가 있습니다. 왜냐하면 이 나라에는 편안하게 지내려는 백성이 너무 많습니다. 젊은 사람들은 누구를 막론하고 모두 징집하셔야 합니다. 그들은 당신을 위해 싸울 것이며 그렇게 되면 젊은 여성들도 마음대로 부릴 수 있을 것입니다. 둘째로, 최신식 소총과 대포를 만들지 않으면 안 됩니다. 단번에 100발의 총알이 나가는 소총을 만들겠습니다. 그리고 무엇이나 태워 버리는 무서운 성능의 대포도 만들겠습니다. 이 대포는 사람이나 성이나 할 것 없이 모든 것을 태워 버리고 말 것입니다."

세몬 임금은 새로 채용한 장군의 제안을 받아들였다. 그래서 젊은 이들은 모두 군대에 징집할 것을 명령했고, 또 공장을 세워 신식 소총과 대포를 만들어 곧 이웃 나라의 임금에게 선전포고를 했다. 그리고 싸움이 시작되자마자 세몬 임금은 군병들에게 적군을 향해 총포를 퍼부으라고 명령하여 단번에 쳐부수고 그 나라의 절반을 불태워 버렸다. 이웃 나라 임금은 곧 항복하고 자기 나라를 바쳤다. 세몬은 매우 기뻐하며 말했다.

"이번에는 인도의 왕을 정복해야지."

그런데 인도 임금은 세몬의 소문을 듣고는 그의 전술 전략을 완전히 파악하고 또 자기 나름의 계략을 덧붙였다. 거기다 그는 소총과

126

대포 만드는 법을 세몬 나라에서 빼낸 데다가 공중을 날아 하늘에서 터지는 폭탄을 개발했던 것이다.

세몬 임금은 인도 임금에게 싸움을 걸었다. 그러나 예리한 낫도 언제까지 예리한 것은 아니었다. 인도 임금은 세몬의 군대가 사정권 안에까지 들어오지 못하게 하고, 여자 병사들을 하늘을 날게 하여 적군의 머리 위에서 폭탄을 퍼부었다. 여자 병사들이 마치 진딧물에다 약을 뿌리기라도 하듯이 세몬의 군대는 혼비백산하여 뿔뿔이 달아나고 세몬 임금만 남았을 뿐이었다. 인도의 임금은 세몬의 나라를 빼앗고, 군인인 세몬은 정신없이 도망쳐 버렸다.

도깨비 두목은 이 맏형을 해치우자 이번에는 타라스 임금에게 찾아갔다. 그는 상인으로 변장하여 타라스의 나라에서 자리를 잡고, 많은 사람에게 선심을 쓰기도 하고 돈도 물 쓰듯 뿌리기 시작했다.

이 상인은 모든 물건을 비싼 값으로 사 주었기 때문에 백성들은 모두 돈을 벌었다고 이 상인을 찾아왔다. 이리하여 백성들의 사정은 좋아졌고, 돈 사정이 좋아지니 세금도 제때에 걷혔고, 어떤 세금이든 기한 내에 다 바치게 되었다.

타라스 임금은 매우 기뻐했다.

"참 고마운 상인이군. 내 나라는 점점 많은 돈이 생겨나고 살기가 더욱 좋아지고 있다."

그래서 타라스 임금은 새로운 계획을 세우고 자기를 위해 새 궁전을 짓기 시작했다. 목재며 돌을 나르게 하고 새 궁전 짓는 일에 종사하는 모든 백성에게는 비싼 삯을 주었다. 타라스 임금은 그 정도면 전과 마찬가지로 백성들이 일하러 몰려올 줄 생각했다. 그런데 목재며 돌은 모두 그 상인한테 실어가고, 또 일꾼들도 모조리 그 사람에게로 몰려가고 있는 것이 아닌가.

타라스 임금은 품삯을 대폭 올렸다. 그러나 상인은 더 많은 돈을 뿌렸다. 타라스 임금은 많은 돈을 가지고 있었지만, 상인은 더 많은 돈을 갖고 있었다. 그래서 상인은 임금보다 품삯을 더 많이 주어 임금을 곤경에 빠뜨렸다.

궁전은 착공만 해 놓고 좀처럼 준공되지 못하고 있었다. 타라스 임금은 또 정원을 꾸미려고 계획했다. 가을이 되었으므로 백성들에게 정원을 만들러 오라고 명령을 했다. 그러나 아무도 오지 않고 백성들은 그 상인의 연못을 파러 몰려갔다. 그리고 겨울이 왔다. 타라스 임금은 새로운 모피 코트를 만들기 위해 검은 담비의 가죽을 사야겠다고 생각하여 사신을 보내어 사 오라고 했다. 그 사신이 돌아와서 이렇게 말했다.

"담비는 없사옵니다. 그 상인이 모조리 사 버렸기 때문입니다. 그자는 비싼 값을 주었고, 담비 가죽으로 방석을 만들었다 하옵니다."

타라스 임금은 종마(種馬)를 사야겠다고 생각했다. 그래서 종마를 사러 보냈더니 모두 돌아와서 말하기를, 좋은 말은 그자가 다 사 버리고 그 말은 상인의 연못에 채울 물을 운반하는 데 사용되고 있다는 것이었다.

다들 임금의 일이라면 아무것도 해주지 않았고, 상인의 일이라면 어떠한 일도 거들었고, 그 상인으로부터 번 돈으로 임금에게 세금을 내는 것이었다. 그리하여 임금은 돈이 너무 많아 그것을 간직하기가 어려울 정도였다. 그러나 생활은 점점 불편해지기 시작했다.

임금은 이제 다른 계획을 그만두고 당장 살아갈 궁리를 하게 되었다. 마침내 생활하기도 어렵게 되었으며, 모든 것이 궁색해졌다. 요리사들도, 하인들도, 마부도, 여자들도 모두 상인 쪽으로 가기 시작했다.

이쯤 되고 보니 식량까지 모자라기 시작했다. 시장으로 사람을 보냈으나 아무것도 살 수가 없었다. 모든 물건들은 그 상인이 몽땅 사버렸기 때문이다. 임금은 그저 세금을 돈으로 받아들일 뿐이었다.

타라스 임금은 매우 화가 나서 상인을 나라 밖으로 추방해 버렸다. 그러나 상인은 국경에 버티고 앉아 여전히 똑같은 일을 하고 있었다. 그래서 상인의 돈을 보고 모든 것이 임금에게서 상인에게로 몰려갔다.

임금의 사정은 매우 심각해졌다. 며칠씩 먹지도 못한 데다가, 소문에 의하면 상인은 임금에게서 왕비를 사려고 한다는 것이었다. 타라스 임금은 실성한 사람처럼 무엇을 어떻게 해야 할지를 몰랐다.

어느 날, 군인인 세몬이 동생인 타라스를 찾아와서 말했다.

"날 좀 도와 다오. 나는 인도 왕에게 패배하여 피신하는 처지가 됐다."

그러나 배불뚝이 타라스 자신도 현재는 뱃가죽이 등뼈에 달라붙어 있는 상황이었다.

"제 자신도 벌써 이틀이나 굶고 있는 형편이에요."

11

두목 도깨비는 두 형제를 궁지에 몰아넣고 이번에는 장군으로 변장하여 이반에게 찾아가 군대를 조직할 것을 권했다.

"임금께서 군대가 없이 지내신다는 것은 위신에 관한 일로 있을 수 없는 일인 줄로 아옵니다. 명령만 내리신다면 저는 임금의 백성 중에서 군병들을 모집하여 훌륭한 군대를 만들어 드리겠습니다."

이반은 그의 말을 듣고 말했다.

"그것도 맞는 말이오. 그럼 만들어 보오. 그리고 군병들이 노래를 잘 부르도록 훈련하시오. 나는 그걸 제일 좋아하니까."

두목 도깨비는 이반의 나라를 돌아다니면서 지원병을 모집하기 시작했다. 군대에 지원하는 자는 누구에게나 비싼 술 한 병과 빨간 모자를 주겠다고 말하였다. 그러나 바보들은 비웃으며 말했다.

"술 따위는 우리에게 얼마든지 있어. 술은 우리 손으로 만드니까 말이야. 그리고 모자도 원하는 것은 여자들이 모두 만들어 주는걸. 알록달록한 것이나 레이스가 달린 것까지도 말이야."

그리하여 어느 누구 하나 군데에 지원하는 자는 없었다. 도깨비 두목은 이반을 다시 찾아왔다.

"임금의 나라 바보들은 자원해서 군병이 되려고 하지 않사옵니다. 그러니 권력을 써서라도 그들을 끌어와야 하옵니다."

"그래, 그것 참 좋은 생각이군. 그럼 권력을 써서 군대를 만들어 보오."

그래서 두목 도깨비는 포고령을 내렸다.

"이 나라 바보들은 모두 군병이 되어야 하며, 만일 이 명령을 거역하는 자는 이반 임금께서 사형을 내릴 것이다."

바보들은 장군에게 몰려와 이렇게 말했다.

"만일 우리들이 군병이 되지 않으면 임금께서 사형을 내리실 것이라고 말씀하시는데, 그럼 군대에 지원하게 되면 어떻게 된다는 것은 말해 주지 않았소. 군병이 되면 목숨을 잃는다고 하던데……."

"그렇지. 그럴 수도 있을 것이다."

그 말을 듣자 바보들은 고집을 부려 응하지 않았다.

"그렇다면 우리는 나가지 않겠습니다. 그렇게 될 바에는 차라리 집에서 죽어야겠어요. 죽기는 어차피 마찬가지이니까."

"네 놈들은 정말 바보들이구나. 군병이 되었다고 반드시 죽는 것은 아니야. 그러나 군병이 되지 않으면 이반 왕에게 죽음을 당하고 말 것이다."

바보들은 곰곰이 생각하다가 바보 이반 왕에게 물어 보러 갔다.

"장군님께서 나오셔서 우리들에게 모두 군병이 되라고 명령하고 계시옵니다. 군대에 나가면 죽을는지 살는지 모르지만, 나가지 않으면 이반 왕께서 우리를 사형에 처한다고 말씀하셨는데 그게 정말이옵니까?'

이반은 껄껄 웃었다.

"어찌 나 혼자서 그대들 전부를 죽일 수 있겠느냐? 내가 만일 바보가 아니었다면 그대들에게 잘 설명하여 주련만, 나 자신도 어떻게 된 영문인지 알 수 없으니 말이다."

"그러면 우리들은 군대에 나가지 않겠습니다요."

"그렇게들 하지. 안 나가도 좋아."

바보들은 장군에게 가서 군병이 되기를 거절하였다.

두목 도깨비는 일이 잘되지 않음을 알고 이웃 나라의 타라칸 왕에게 가서 전쟁을 걸도록 꼬이기 시작했다.

"이번 기회에 싸움을 걸어서 이반 왕을 정복해 버립시다. 그 나라에는 돈은 없지만 곡식이나 가축, 그 밖의 모든 것이 풍부합니다." 타라칸 왕은 싸움을 벌이기로 결정했다. 먼저 군사를 크게 모으고, 총과 대포를 준비하여 국경을 넘어 이반의 나라에 침입하기 시작했다. 사람들은 이반에게 이렇게 말했다.

"임금님, 타라칸 왕이 싸움을 시작했습니다."

"뭐, 별일이야 있으려고. 싸움을 할 테면 하라지."

타라칸 왕은 국경을 넘어 먼저 선발대를 파견하여 이반 군대의 동정을 은밀히 살피게 했다. 척후병은 이곳저곳을 돌아다녔지만 군병

같은 것은 어디에도 보이지 않았다. 그러나 어디에서 갑자기 나타날지 모른다고 생각하여 오래 기다렸으나 군대에 대해서는 소문조차도 들을 수가 없었다. 누구와 싸우려야 싸울 상대가 없었다.

타라칸 왕은 군병들을 보내어 마을들을 점령하게 했다. 군병들이 어느 마을에 들이닥쳤다. 그리고 남녀 바보들에게서 곡식이나 가축을 약탈했다. 바보들은 무엇이나 거리낌없이 흔쾌히 내주었고, 어느 누구도 자기 자신들을 방어하기는커녕 오히려 이곳에 와서 살라고 권유하기도 하였다.

군병들은 다른 마을로 가 보았으나 거기도 마찬가지였다. 군병들은 그날도 다음날도 여러 마을을 돌아다니며 조사해 보았으나 마찬가지였다. 또 있는 것은 다 내주었고 어느 한 사람도 애써 자기를 지키려 하지 않았다.

"이것 보세요, 만일 당신의 나라에서 살기가 곤란하시거든 모두 우리나라에 와서 사세요."

군병들은 여기저기 돌아다니면서 조사해 보았으나 어디나 군대 같은 것은 보이지 않았고, 백성들은 모두 일해서 스스로 먹고 살았으며 남도 먹여 살리고, 또 제 한 목숨을 지키겠다는 생각은 아예 없었다. 더욱이 이곳에 와서 살라고 권유할 뿐이었다. 군병들은 차츰 따분해지기 시작했다. 그리하여 타라칸 왕에게 가서 말했다.

"우리들은 전쟁을 할 수가 없습니다. 우리들을 다른 나라에 보내주십시오. 전쟁이 있었으면 좋겠는데, 이건 어찌 된 셈인지 모르겠습니다. 마치 이 나라에서 약하고 힘없는 사람을 참살하는 것 같아 더 이상 싸울 수가 없습니다."

타라칸 왕은 화가 치밀어 군병들에게 명령했다.

"온 마을로 다니며 마을을 어지럽게 하고 집과 곡식을 불사르며 가축들을 죽여 버려라. 만일 내 명령에 불복하는 놈이 있으면 누구를 막론하고 모두 처벌하여라."

군병들은 어명에 놀라 임금의 명령대로 실행하기 시작했다. 그들은 집이나 곡식을 불태우고, 가축들을 닥치는 대로 죽이기 시작했다. 그래도 바보들은 자기를 지키려 하지 않고 다만 울고만 있었다. 남녀노소 할 것 없이 모두 울었다.

"너희들은 무엇 때문에 우리를 못살게 구는 거냐? 왜 우리 재산을 빼앗는 거냐? 필요하면 차라리 갖고 가는 편이 나을 텐데."

그들은 울기만 하였다. 그러자 군병들의 마음은 왠지 우울해졌다. 그래서 더 이상 돌아다니지 않고 난동을 피우지도 않았다. 마침내 모두 다 흩어지고 말았다.

12

그리하여 두목 도깨비는 떠나 버렸다. 군대의 힘으로는 이반을 골탕 먹이지 못했던 것이다. 두목 도깨비는 다시 멋진 신사로 위장하여 이반의 나라에 살러 왔다. 배불뚝이 타라스처럼 그도 돈으로 골탕을 먹이려고 생각했다.

"나는 훌륭한 지식을 가르쳐서 당신에게 도움이 되고자 합니다. 그리고 제일 먼저 이 나라에 집을 짓고 장사를 시작하겠습니다."

"그것 좋은 생각이오. 그럼 여기서 사시죠."

한 벼슬아치가 신사에게 머물 곳을 마련해 주었다. 이윽고 신사는 잠자리에 들었다.

다음날 아침, 그는 금화가 들어 있는 커다란 자루와 종이를 가지고 광장에 나가서 이렇게 말했다.

"여러분은 마치 돼지처럼 생활하고 있습니다. 그래서 나는 여러분들에게 어떻게 살아가야 하는지를 알려 드리고자 합니다. 먼저 이 도면처럼 집을 지어 보시오. 여러분은 일을 하고 지시는 내가 하겠습니다. 그리고 내 지시대로 따르면 이 금화를 드리겠습니다."

그렇게 말하고 그는 금화를 보여 주었다. 바보들은 놀랐다. 그 이유는 그들에게는 돈이란 것은 없었으며 그 대신 필요한 것은 서로 물물교환을 하고, 일할 때에는 공동으로 하였기 때문이다. 그들은 금화에 반했다.

"그것 참 좋은데. 장난감으론 그만이야."

그리고 그들은 모든 물건과 노동력을 신사의 금화와 바꾸려고 그에게로 몰려갔다. 두목 도깨비는 타라스의 나라에서 했던 것처럼 누런 금화를 마구 떨어뜨렸다. 그러자 사람들은 금화와 물건을 바꾸기도 하고, 온갖 일을 해주고 금화를 받기도 했다. 두목 도깨비는 속으로 신이 나서 이렇게 생각했다.

'이 정도면 내가 하는 일이 잘되어 가는 징조야. 이번에야말로 그 바보 이반을 타라스처럼 엉망으로 만들어 버려야지. 녀석이 다시는 일어나지 못하게 해야지.'

그런데 바보들은 금화를 갖자마자 여자들에게 목걸잇감으로 나누어 주기도 하고, 여자 애들이 모양을 내는 데 쓰기도 했다. 그들에게 많은 금화가 생기자 이제는 더 얻으려고 하지 않았다. 신사의 그 궁궐 같은 집은 아직 반도 완성되지 않았으며 곡식과 가축도 일년분이 채 못 되었다. 그래서 신사는 자기에게로 일을 하러 오라, 음식이나 가축을 가지고 오라, 어떤 물건이나 어떤 노역이라도 하면 그 값으로 많은 금화를 주겠다고 했다.

그러나 어느 누구도 일하러 가는 자가 없었고 무엇 하나 가지고 가는 자가 없었다. 가끔 아이들이 달걀과 금화를 바꾸거나 또는 금화를 받고 물건을 날라다 주는 정도였으며, 그 외에는 아무도 찾아오는 사람이 없었다. 그래서 이 멋진 신사는 차츰 먹을 것마저 달리게 되었다. 배가 고파서 먹을 것을 구하려고 마을 안을 두루 다녔다. 그러다가 어느 집으로 들어가 닭을 사려고 금화를 내보였다. 그러나 여주인은 그것을 받으려 하지 않았다.

"우리 집에도 그런 것은 많이 있어요."

이번에는 한 어부 집에 들러 고기를 살 양으로 금화를 내밀었다.

"이런 것 필요 없어요. 아이들이 없어서 가지고 놀 사람도 없죠. 모

136

두들 귀한 물건이라고 해서 나도 세 닢 가지고 있죠."

두목 도깨비는 빵을 사려고 농부의 집에 들러 금화를 내밀었다. 그러나 이 농부도 금화를 받지 않았다.

"우리 집에는 필요 없어요. 그러나 예수님을 위해 선한 일을 하는 것이라면 모르겠군요. 잠깐만 기다려 주시오. 집사람에게 빵을 잘라 오도록 할 테니까요."

도깨비는 기분이 상해 침을 뱉고는 재빠르게 농부 집에서 도망쳐 나왔다. 예수님을 구실로 하는 선심을 받아들일 수는 없었다. 예수란 말만 들어도 그에게는 그 무엇보다도 무서웠던 것이다. 이렇게 해서 어디를 가나 어느 누구 한 사람도 돈을 보고 무엇을 주려 하지 않고 다들 이렇게 말하는 것이었다.

"무엇인가 다른 것을 가지고 오거나 일을 하러 오거나, 아니면 적선을 바라고 차라리 동냥을 하러 오구려."

그러나 두목 도깨비는 금화 이외에는 아무것도 가진 것이 없었다. 더군다나 일하기는 더욱 싫었으며 그렇다고 동냥을 할 수도 없었다. 두목 도깨비는 화가 났다.

"어찌 된 노릇이야. 돈은 필요한 건데……. 돈만 있으면 무엇이든 살 수 있고 어떤 머슴이라도 부릴 수 있단 말이야."

그러나 바보들은 그 말을 들은 척도 않았으며, 오히려 이렇게 말하는 것이었다.

"정말 그런 건 필요 없어요. 여기서는 계산이나 세금 따위는 없으니까요. 한데 그까짓 돈이 무슨 필요가 있어요."

두목 도깨비는 저녁도 못 먹고 잠자리에 들었다.

이 일이 이반의 귀에 들어갔다. 백성들이 그에게 찾아와 이렇게 물었기 때문이었다.

"도대체 우리는 어떡하면 좋겠습니까? 우리나라에 훌륭한 신사가 찾아와서 살고 있습니다. 그는 맛있는 것을 먹고 좋은 술을 마시며 깨끗한 옷만 즐겨 입고, 일하기는 싫어하고 더구나 동냥도 하지 않고 그저 금화라는 것만 내놓습니다. 전에 금화가 없을 때에는 모두 이 신사에게 무엇이든지 다 가져다주었는데 이제는 그 어느 것도 주는 사람이 없습니다. 이 신사를 어떻게 하오리까? 굶어 죽지나 않았으면 좋으련만."

이반은 다 듣고 나서 이렇게 말했다.

"그럼 그렇고말고. 먹여 주어야 하느니라. 양치는 목자처럼 집집마다 돌아다니면서 얻어먹게 하여라."

두목 도깨비는 할 수 없이 여기저기 돌아다니며 얻어먹어야 했다. 그러는 동안 차례가 이반의 궁궐에까지 왔다. 두목 도깨비가 점심 식사를 하러 갔더니 이반의 집에서는 벙어리인 여동생이 점심을 준비하고 있었다. 그녀는 지금까지 가끔 게으름뱅이에게 속아 왔다. 게으름뱅이는 일도 하지 않으면서 제일 먼저 밥을 먹으러 와서 준비해 놓은 맛있는 음식을 다 먹어 치우는 것이었다.

그래서 벙어리 처녀는 손만 보고도 게으름뱅이를 곧잘 가려내었다. 손에 못이 박인 사람은 식탁에 앉을 수 있지만 굳은살이 생기지 않은 사람은 먹고 남은 찌꺼기를 주기로 되어 있었다. 두목 도깨비가 식탁에 앉자 벙어리 처녀는 슬쩍 그의 손을 들여다보았다. 물론 못이 박이지 않았다. 손은 고운 데다가 손톱이 자라 있는 것이었다. 벙어리 처녀는 무엇이라고 소리치더니 도깨비를 식탁에서 끌어내렸다. 그러자 이반의 아내가 도깨비에게 말했다.

"화내지 마세요. 우리 시누이는 손에 못이 박이지 않은 사람은 식탁에 앉히지 않기로 하고 있으니까요. 잠깐만 기다려 주세요. 곧 모두 드신 후 남은 것을 드세요."

임금의 궁궐에서는 나에게 돼지에게나 주는 것을 먹이려 하고 있구나. 그렇게 생각하자 두목 도깨비는 화가 났다. 그리고 이반에게 말했다.

"임금의 나라는 모든 사람이 손으로 일을 해야만 하는 미련한 법률이 있군요. 그러나 이것은 여러분들이 어리석기 때문에 드는 생각에 불과합니다. 영리한 사람은 무엇으로 일하는지 아십니까?"

그러자 이반은 말했다.

"바보들인 우리가 어찌 그런 것을 알겠는가? 우리들은 대체로 손과 등으로 일하고 있지."

"그것은 이를테면 여러분들이 어리석기 때문입니다. 그렇다면 내가 어떻게 머리로 일을 하는 것인지, 그 방법을 알려 드릴까 합니다. 그러면 여러분들도 아시게 될 것입니다. 손보다 머리로 일하는 편이 훨씬 이득이 많다는 것을."

이반은 놀랐다.

"과연 그렇구나. 우리가 바보라 불리는 것도 무리는 아니야."

그러자 두목 도깨비는 설명하기 시작했다.

"그러나 머리로 일하는 것도 쉬운 일이 아니옵니다. 나의 손에 못이 박이지 않았다고 하여 지금 여러분들은 나에게 먹을 것을 안 주시는데 그것은, 즉 이러한 사실을 모르시기 때문입니다. 머리로 일하는 것이 얼마나 어렵다는 것을, 때로는 머리가 쪼개지는 경우도 있사옵니다."

"그러나 어떻게 그대는 자기 자신을 그렇게 괴롭히는가? 머리가 쪼개지는 경우도 있으니 과연 쉬운 일은 아니로구먼! 그렇다면 차라리 손과 등을 써서 더 쉬운 일을 하면 될 것이 아닌가?"

그러자 도깨비는 말했다.

"내가 내 자신을 괴롭히는 것은 어리석은 여러분들을 불쌍히 여기기 때문이옵니다. 만일 제가 제 자신을 괴롭히지 않는다면 여러분들은 영원히 바보로 남게 될 것이옵니다. 그러나 나는 머리로 일해 왔기 때문에 이제부터 여러분들에게 알려 드리는 겁니다."

이반은 깜짝 놀라며 말했다.

"그럼 가르쳐 주게. 손이 지치면 머리로 대신할 수 있는 방법을."

도깨비는 그것을 가르쳐 주겠다고 약속했고, 이반은 온 나라에 방을 붙였다.

'훌륭한 신사가 여러분들에게 머리로 일하는 법을 알려 주게 되었다. 머리는 손보다 더 많은 일을 할 수 있다고 한다. 모두들 배우러 나와라.'

이반의 나라에서는 높은 망대를 만들고 거기 올라갈 수 있는 사다리를 놓고 연단을 준비했다. 이반은 신사가 잘 보이도록 높은 망대의 연단으로 안내했다.

신사는 망대 위에 서서 떠들어댔다. 무식한 백성들은 구경하려고 구름처럼 모여들었다. 바보들은 손을 쓰지 않고 머리로 일하려면 어떻게 하는지를 신사가 진짜로 보여 주는 것이라고 생각하였다. 그러나 두목 도깨비는 다만 말로만 어떻게 하면 일을 하지 않고 살아갈 수 있는가에 대한 엉터리 같은 말들을 바보들에게 지껄일 뿐이었다. 바보들은 뭐가 뭔지 도무지 알지 못했다. 그래서 계속 바라보다가 이윽고 각자의 일자리로 흩어져 가 버렸다.

두목 도깨비는 온종일 망대 위에 서 있었다. 그 다음날도 여전히 그곳에 서 있었다. 그리고 연방 떠들어댔다. 그는 배가 고파 무엇이라도 먹고 싶었다. 그러나 바보들은 만일 저 신사가 손보다 머리로 일을 훨씬 더 잘할 수 있다면 머리로써 자기가 먹을 빵이야 마음대로 만들 수 있을 것이라고 생각하고 아무도 그에게 빵을 주려고 하지 않았다.

두목 도깨비는 그 다음날도 연단에서 줄곧 떠들어댔다. 그러나 사람들은 가까이에서 잠시 듣다가는 곧 흩어질 뿐이었다.

이반은 종종 사람들에게 물어 보았다.

"어떻던가? 그 신사가 머리로 일을 하던가?"

"아니올시다. 그는 여전히 떠들어대기만 할 뿐이옵니다."

두목 도깨비는 역시 온종일 망대 위에 서 있었고 이제는 지쳐서 비틀거리기 시작했다. 한참을 휘청거리더니 그만 기둥에 머리를 들이받았다. 한 사람의 바보가 그것을 보고 이반의 아내에게 알리자 이반의 아내는 이반에게 달려가 말했다.

"자, 구경하러 가십시다. 드디어 신사가 머리로 일하기 시작한 모양입니다."

"그게 정말이오?"

이반은 말을 몰아 망대로 달려갔다. 망대에 다다르자 도깨비는 굶주림에 너무 지쳐서 비틀거리더니 머리가 기둥에 부딪히는 것이었다. 그러더니 이반이 가까이 다가간 순간, 도깨비가 쓰러지더니 요란한 소리를 내면서 사다리의 계단을 따라 거꾸로 굴러 떨어졌다.

"아하!" 하고 이반은 감탄하듯 말했다.

"언제인가 신사는 머리가 쪼개지는 경우도 있다고 하더니, 과연 정말인걸. 이건 손에 박인 못이 문제가 아니야. 저렇게 일을 하다가는 머리에 많은 혹이 생길 게 아닌가."

두목 도깨비는 사다리 아래로 굴러 떨어지자 땅바닥에 머리를 박고 말았다. 신사가 얼마나 많은 일을 했는가를 살펴보려고 이반이 가까이 가려는 순간, 땅바닥이 쫙 갈라지더니 두목 도깨비는 땅속으로 쑥 들어가 버리고 그 자리에 구멍이 하나 뚫려 있을 뿐이었다.

이반은 머리를 긁적거리면서 말했다.

"아, 이놈이. 이런 망할 게 다 있나. 또 그놈이었던가! 그놈들의 아비가 틀림없어. 별 희귀한 놈도 다 있구먼!"

그리하여 이반은 오늘까지 살아 있으며 다른 나라의 온갖 백성들이 그의 나라로 몰려오고 있다. 두 형들도 그에게로 찾아왔기 때문에 이반은 그들을 받아들여 모시고 살았다.

또 그 누구라도 찾아와 "우리들을 좀 돌봐 주십시오." 하면 "그렇게 하시오. 이곳에 와서 사시오. 여기는 무엇이든 많이 있으니까요." 하며 받아들였다.

그러나 이 나라에는 단 하나의 관습이 있다. 손에 못이 박인 자는 식탁에 앉을 수 있지만, 못이 박이지 않은 사람은 먹다 남은 음식을 먹어야 한다는 것이었다.

촛불

이 이야기는 지주(地主)가 행세하던 시절의 일이다. 그 무렵에는 지주도 여러 형태가 있었다. 자신도 한 번은 죽는다는 사실을 알고 하나님을 경외하며 남을 불쌍히 여기는 자가 있는가 하면, 남을 경멸하며 업신여기는 짐승이나 다름없는 자도 있었다.

그중에서도 제일 못된 자는 농노 출신의 관리인 즉, 시궁창에서 빠져나와 귀족 행세를 하는 무리들이었다. 이런 자들 때문에 농민들의 생활은 그야말로 비참했다.

어느 지주의 영지(領地)에 그러한 관리인이 나타났다. 농부들은 소작료 대신 일을 하였다. 땅은 얼마든지 있었고 토질도 좋았으며 물도, 초원도, 숲도 울창하여 모든 것이 풍족했다. 그만하면 지주나 농부도 아무런 부족함 없이 자유스러웠다. 그런데 그 땅의 지주는 다른 영지에서 일하던 머슴을 관리인으로 채용했던 것이다.

이 관리인은 제 세상을 만난 듯 군림하기 시작했다. 그도 한 가정의 가장으로서 아내 외에 이미 출가한 딸이 둘이나 있었고, 돈도 어느 정도 모았으므로 그렇게 굴지 않아도 살아갈 수 있었는데, 욕심이 지나쳐 나쁜 짓을 하게 되었다.

우선 농부들에게 정해진 일수보다 더 많은 일을 시켰다. 벽돌 장사를 시작하여 남녀를 막론하고 끌어다가 혹사시키고, 그 벽돌을 마구 팔아먹기 시작했다.

농부들은 모스크바에 있는 지주를 찾아가 불만을 호소했으나 아무 소용이 없었다. 지주는 도리어 농부들을 쫓아내고 관리인의 횡포를 응징하지 않았다. 거기다 농부들 중에서도 이단자가 있어 동료들의 일을 관리인에게 밀고하여 서로를 헐뜯게 되었다. 이래서 농부들의 단결은 무너지고 관리인은 더욱 포악해졌다.

날이 갈수록 관리인의 횡포는 더욱 심해져 마침내 농부들은 이 관리인을 사나운 맹수처럼 무서워하게 되었다. 관리인이 말을 타고 마을에 나타나면 농부들은 아무데나 몸을 숨겨 그의 눈에 띄지 않게 하는 것이었다. 관리인은 그걸 알아채고 모두들 자기를 무서워 한다는 것에 화가 나 더욱 가혹하게 노역을 시키고 괴롭혔다. 때문에 농부들은 아주 심한 고통을 겪었다.

그 당시에는 그런 악독한 관리인을 아무도 몰래 죽여 버리기도 했다. 이곳 농부들도 그렇게 할 것을 의논하기에 이르렀다. 그들은 은

밀한 곳에 모여 회의를 했는데 그중에 비교적 용기 있는 자가 이렇게 말했다.

"우리가 언제까지 저 관리인에게 굽실거리고 살아야 하나? 이런 고통을 당하느니 차라리 저런 놈을 죽여 없애자."

부활절 전날 농부들은 숲 속에 모였다. 관리인이 지주의 숲을 손질하라고 지시했던 것이다. 점심 시간에 한자리에 모였을 때 의논이 시작되었다.

"지금처럼 이렇게 고달파서야 어떻게 살아가겠는가? 저놈은 우리를 뼈까지 말릴 작정이야. 밤낮을 가리지 않고 심하게 일을 시키니 몸이 배겨나지 못하고, 또 제 놈의 맘에 안 들면 마구 두들겨 패니. 세몬은 매를 맞아 죽었고, 아니심은 감방에 들어가 쇠고랑을 차고 곤욕을 당하고 있지 않나. 오늘 저녁, 그놈이 또 행패를 부리면 끌어내려 죽이는 수밖에 없어. 그리고 어딘가에 매장하면 누가 알게 뭐야. 다만 모두 마음을 합해 이 일을 입 밖에 내지 않기로 약속해야 한다는 것이다!"

바실리 미나예프가 말했다.

이 사람은 누구보다도 관리인을 저주하고 있었다. 관리인은 매주으레 미나예프를 때리고 심지어는 그의 아내마저 빼앗아 자기 집 식모로 만들어 버렸던 것이다.

이렇게 농부들은 결정을 내렸다. 저녁이 되자 관리인이 찾아왔다. 그는 말을 타고 나타났는데 오자마자 벌목을 잘못했다고 트집을 잡

기 시작했다. 그리고 베어 놓은 나뭇더미에서 보리수 한 그루를 찾아
냈다.

"나는 보리수 가지를 베라고 하지 않았어. 누가 베었나? 빨리 말하
지 않으면 모조리 매질을 하겠다."

그리하여 누가 맡은 자리에 보리수가 있었는지 조사하기 시작했
다. 그러자 누군가가 그것은 시돌의 구역이라고 말했다. 관리인은 시
돌의 얼굴을 피투성이가 되도록 구타했다. 그리고 바실리에게도 나
무의 양을 적게 베었다고 채찍으로 때리고 난 다음 자기 집으로 돌아
갔다.

그날 밤 농부들은 다시 모였다. 거기서 바실리가 입을 열었다.

"그래 당신들도 사람이오? 짐승만도 못해. '해치우자, 해치우자.'
하고서는 막상 그놈이 나타나면 달아나 버리니…… 꼭 매 앞에 참세
떼 같아. '동료를 배반해서는 안 돼. 무슨 일이 있어도 해치워야 해!'
하고 말로만 떠들다가 막상 매가 나타나면 모두 숲 속으로 숨어 버리
니…… 그러니까 매란 놈은 눈독을 들였던 놈을 잡아 족치는 거야.
매가 날아간 다음에야 참새들은 짹짹거리며 '또 하나 없어졌군. 누
가 없어졌나! 바니카야. 그러나 그놈은 그런 꼴을 당할 만 해. 그럴
만한 까닭이 있어.' 라고 한다. 당신들이 꼭 그 꼴이오. 배반하지 않
겠다고 했으면 정말 배반하지 말아야 해! 그놈이 시돌에게 구타를 할
때 여러분들이 일제히 그놈을 처치해 버렸어야 했단 말이오. '배반
않겠다. 해치우자!' 하고도 매가 덤벼들면 행여나 다칠세라 도망쳐

버리니……."

농부들은 자주 그런 의논을 했고, 언제나 결론은 관리인을 죽이기로 결정 짓곤 했다. 수난주간(受難週間)에 관리인은 농부들에게 지시하여 부활제가 시작되면 밭을 갈아 보리씨를 뿌려야 한다고 했다. 농부들은 이건 해도 너무한다고 생각했기 때문에, 부활절 전 금요일에 남의 눈에 띄지 않는 바실리 집 뒷마당에 모여 또 의논을 했다.

"저놈이 하나님을 잊고 이런 일을 강행하려 한다면 정말 해치우지 않으면 안 된다. 고통을 당할 바에야 차라리 죽여 버리자."

거기에 표트르 미헤예프가 왔다. 그는 점잖은 사람으로 지금까지 농부들의 모임에 잘 나오지 않았다. 오늘 처음으로 나와 여러 사람들의 이야기를 들은 다음 이렇게 말했다.

"여러분은 큰 죄를 지으려 하는군요. 사람을 죽인다는 것은 엄청난 일이오. 목숨 하나 해치우기는 간단하지만 자신들의 목숨은 어떻게 될 것 같소? 물론 그놈이 하는 일은 옳지 못해요. 그러나 우리가 복수하지 않더라도 더 큰 벌이 그를 기다리고 있을 것이오. 여러분들은 참아야 하오."

바실리는 이 말을 듣고 있다가 화가 치밀어 분통을 터뜨렸다.

"사람을 죽이는 것이 죄라고! 사람을 죽이는 건 물론 죄가 되지만 그놈이 인간인가? 그렇지, 착한 인간을 죽이는 것은 분명 죄가 되지. 그러나 그런 놈을 죽이는 것은 하나님도 눈감아 주실 거야. 인간을 위해서 미친개는 죽여야 해. 죽이지 않으면 그놈의 죄만 커질 뿐이

야. 놈이 사람을 괴롭힌 생각을 하면 치가 떨린다고. 만일 이 일로 고
초를 당한다 해도 남은 사람들을 구해 주는 일이야. 모두들 우리에게
감사할 것이야. 우리가 당하고만 있으면 놈은 우리를 모두 죽이고 말
거야. 이봐, 자네는 쓸데없는 걱정을 하고 있어. 주님의 수난주일에
일하러 가는 것이 더 큰 죄가 아닐까? 그렇게 말하는 자네도 일하러
가지 않을걸."

그러자 표트르가 말을 받았다.

"나가려 하지 않다니! 밭을 갈라고 하면 가야지. 누가 나쁜지는 하
나님께서 다 알고 계시니 우리는 오직 하나님을 잊지 말아야 돼. 나
는 내 생각을 말하는 것이 아니야. 만일 악을 악으로 없애라고 하셨
다면 하나님께서 그런 본을 보여 주셨을 것이나, 우리에게 가르치신
것은 그게 아니야. 우리가 악을 악으로 대하려고 하면 그 악은 우리
에게 되돌아오지. 사람을 죽이는 것은 쉽지만, 그 피는 자신의 영혼
에 달라붙네. 사람을 죽인다는 것은 자신의 영혼을 피투성이로 만드
는 일이야. 자신은 악한 인간을 죽였고 악을 뿌리뽑았다고 생각하겠
지만, 실은 더 큰 악을 자기 마음에 끌어들이는 결과가 되네. 재앙에
는 묵묵히 참는 게 최선이야. 그러면 그 재난이나 불행은 스스로 물
러나게 마련이니까."

이렇게 하여 농부들은 의논의 결말을 보지 못하고 헤어졌다. 의견
이 분분하여 바실리처럼 생각하는 자가 있는가 하면, 끔찍한 죄를 짓
지 말고 더 참아 보자고 하는 자도 있었다.

농부들이 부활제 축하 행사를 끝마친 저녁에 이장이 서기를 데리고 관리인의 집에 다녀와서 관리인 미하일 세묘느비치의 명령인데, 내일은 모든 농민이 보리씨를 뿌리기 위해 밭을 갈아야 한다고 말했다. 이장은 서기와 같이 마을을 돌아다니며 내일은 모두 나와 밭을 갈아야 한다고 말하고 다녔다. 한 조는 강 건너편을, 다른 조는 길가 밭에서부터 시작하라고 알려 주었다. 농부들은 내심 화가 치밀었으나 그 명령에 반항할 용기는 없었다.

　　다음날 아침, 모두 괭이와 삽을 들고 나가 밭을 갈기 시작했다. 교회에서는 아침 예배 시간을 알리는 종이 울렸다. 사람들은 어디서나 부활절을 축하하고 있는데, 이곳 농부들만 밭을 갈면서 일하고 있었다.

　　관리인 미하일 세묘느비치는 아침 늦게 일어나 밭일을 살피러 나갔다. 관리인 아내와 과부가 된 딸은 모양을 내고 하인에게 마차를 준비시켜 예배에 참례하고 돌아왔다. 하녀가 집안일을 막 끝냈을 때 미하일 세묘느비치가 돌아왔으므로 식구들은 같이 차를 마시기 위해 자리에 앉았다. 미하일 세묘느비치는 차를 마신 다음 파이프에 불을 붙이며 이장을 불렀다.

　　"그래 농부들을 밭에 내보냈는가?"

　　"네, 보냈습니다."

　　"한 사람도 빠지지 않고?"

　　"모두 다 나왔습니다. 제가 지시를 하여 구역을 지정해 주었습니다."

"구역을 정해 준 것은 잘한 일이야. 그런데 일은 제대로 하는지 모르겠군. 잠깐 둘러보고 오게. 정오가 지나면 직접 가서 볼 테니까. 한 정보를 둘이서 갈도록 하고, 눈가림으로 하지 않도록 일러두게. 만일 소홀한 점이 발견되면 용서하지 않을 테니까!"

"알겠습니다."

그렇게 대답하고 이장이 나가려고 하니까 미하일 세묘느비치가 다시 그를 불러 세웠다. 그를 불러 세우기는 했으나 머뭇머뭇 어떻게 말해야 좋을지 한참을 망설이다가 이렇게 말했다.

"그리고 뭐야, 그 도둑놈들이 나에 대해서 무슨 말을 하는지 자네가 좀 알아보게. 흉보고 욕하는 말을 내게 자세히 알려 줘. 나는 그놈들을 잘 알고 있어. 놈들은 일하기 싫어하고 게으름이나 피우니까. 밭갈이 시기를 놓치면 큰 차질이 온다는 것을 생각지 않는단 말이야. 그러니까 누가 뭐라고 하든 놈들이 지껄이는 말을 들어 보고 내게 들려주게. 나는 그걸 알아 둘 필요가 있거든. 자 어서 가 보게. 그리고 모든 사실을 숨김없이 내게 말해야 해. 알겠나?"

이장은 돌아서서 밖으로 나갔다. 그는 말을 타고 농민들이 일하는 밭으로 갔다.

관리인의 아내는 이장이 나가자 남편의 이야기를 듣고 있다가 남편에게 다가가 오늘은 일하는 걸 그만두었으면 어떻겠느냐고 애원했다. 그의 아내는 부드러운 마음의 소유자였으므로 남편을 달래면서 농부들의 편을 들었다.

"여보 미셴카, 그리스도의 대축제일이니 죄 된 일을 하지 마시고 농민들을 쉬게 해요."

미하일 세묘느비치는 아내의 말은 들은 척도 안 하고 비웃기만 했다.

"당신 한동안 풀어 주었더니 아주 건방지게 구는데. 관계없는 일에 함부로 참견하지 마!"

"미셴카, 나는 당신의 일로 흉한 꿈을 꾸었어요. 부디 제 말대로 오늘만은 농민들을 쉬게 해주세요."

"왜 이래? 안 된다면 안 되는 줄 알지. 배고픈 줄 모르고 지내니까 채찍이 어떻게 생겼는지 모르는군. 입 닥치고 조용해."

세묘느비치는 잔뜩 화를 내면서 불이 붙은 파이프로 아내의 입에 들이대며 자기 방에서 쫓아내고 식사 준비나 하라고 일렀다. 미하일 세묘느비치는 어묵이며 고기 만두, 돼지고기가 섞인 양배추 수프나 통돼지구이, 우유가 든 빵을 먹고, 앵두로 담근 술을 마시고, 디저트로 케이크와 파이를 먹었다. 그리고 하녀를 불러 노래를 시키고 자기는 기타를 치기 시작했다.

미하일 세묘느비치가 매우 기분이 좋아 기타를 퉁기며 하녀와 함께 웃음을 나누고 있을 때, 밭에서 돌아온 이장이 허리를 굽혀 인사를 한 다음 밭에서 살펴보고 온 일을 보고하기 시작했다.

"그래 열심히 하고 있던가? 오늘의 책임량은 다 하겠던가?"

"네, 벌써 절반 이상이나 갈았습니다."

"빠뜨린 데는 없고?"

"눈에 띄지 않았습니다. 모두 잘하고 있습니다."

"그러면 굵은 흙덩이는 없고?"

"네, 아주 잘 다져서 부드러운 좁쌀 더미 같습니다."

관리인은 잠자코 있다가 다시 물었다.

"그래, 내 말은 없던가? 몹시 욕하지?"

이장은 망설이며 입을 열지 못했다. 미하일 세묘느비치는 들은 대로 모두 얘기하라고 다그쳤다.

"모조리 말해. 조금이라도 숨기거나 그놈들을 감싸다간 자네가 다쳐. 사실대로 말해 주면 상을 주겠으나 무엇을 감추면 매질이 있을 뿐이야. 야! 카트류샤, 이 친구에게 보드카 한 잔 주어라. 용기를 내게 해야지."

하녀가 나가더니 보드카를 가져와서 이장에게 주었다. 이장은 고개를 끄덕여 고맙다고 인사를 하고 쭉 들이켠 다음, 입을 닦고 이야기를 시작했다.

'할 수 없지. 모두가 한 말은 내 탓이 아니니까. 저렇게 다그치니 다 털어놓아야지.'

그렇게 생각하고 이장은 말문을 열기 시작했다.

"모두들 불평을 하고 있더군요."

"그래? 뭐라고들 하던가? 이야기해 보게."

"모두 같은 말을 하고 있었습니다. 관리인 양반은 하나님을 믿지 않는다는 거예요."

관리인은 소리 내어 웃기 시작했다.

"그래, 그런 말을 어떤 놈이 하던가? 누가 뭐라고 했는지 하나하나 말해 보게. 바실리는 뭐라고 하던가?"

이장은 자기 동료들의 이야기를 나쁘게 말하고 싶지 않았으나, 바실리와는 전부터 틀어져 있었다.

"바실리는 어느 누구보다도 가장 심한 욕을 했습니다. 그 작자는 관리인이 반드시 비참하게 죽게 될 것이라고 말했습니다."

"흥, 잘들 하는군! 그놈은 그러면서도 왜 나를 죽이지 않지. 아무래도 도리가 없는 모양이군. 좋아, 바실리 네 놈하고 당장 셈을 하지. 다음에 치유카는? 그놈도 역시 욕을 했겠지?"

"네, 모두 나쁘게 말하고 있었습니다."

"그러니까 구체적으로 말해 봐."

"입 밖에 내기가 거북해서……."

"어떻게? 겁낼 것 없어. 어서 말해 봐."

"모두들 배가 터져 창자가 튀어나왔으면 좋겠다고 했습니다."

미하일 세묘느비치는 신이 난 듯 크게 웃었다.

"두고 보자. 어느 쪽이 창자가 먼저 터질지. 그 다음은 누구였지. 치사카인가?"

"누구 하나 좋은 말을 하지 않았습니다. 모두가 욕을 하고 협박조

154

의 말을 했습니다."

"그럼 표트르 미헤예프는? 그놈은 뭐라고 했지? 그놈도 틀림없이 욕을 했겠지?"

"아닙니다. 미하일 세묘느비치님, 표트르는 욕하지 않았습니다."

"그럼 어떻게 했다는 거지?"

"네, 농부들 중에서 그 사람만이 아무 말도 안 했습니다. 다른 사람과는 확실히 다른 데가 있는 놈입니다. 나도 놀랐습니다."

"도대체 무슨 일을 하고 있기에 그렇게 놀랐나?"

"글쎄, 그가 한 행동은…… 모두들 놀라고 있습니다."

"대체 어떻게 했기에 그래?"

"정말 이상할 뿐입니다. 내가 가까이 다가가자 그 사람은 투르킨 언덕의 경사진 땅을 갈고 있었습니다. 더 가까이 가 보았더니 누군가가 아주 가늘고 고운 목소리로 노래를 부르고 있었어요. 거기다 쟁기 손잡이 사이에서 무엇인가 반짝이는 것이 보였습니다."

"그래서?"

"작은 불이 타는 것 같았습니다. 그래서 바짝 가까이 가서 보니 그것은 교회에서 5코페이카에 파는 촛불이었습니다. 그것을 쟁기 손잡이 사이에다 세워 놓았는데 바람이 불어도 꺼지지 않았습니다. 그리고 그는 부지런히 밭을 갈아엎으면서 부활제의 노래를 부르고 있었습니다. 쟁기의 방향을 바꿔도 촛불은 꺼지지 않았습니다. 내가 보는 앞에서 쟁기를 홱 돌리고 아무리 빨리 밀고 나가도 촛불은 꺼질 기미가 보이지 않았어요."

"그래, 그 사람은 뭐라고 하던가?"

"아무 말도 하지 않았습니다. 그런데 농부들이 몰려와서 미혜예프는 부활제에 일을 했기 때문에 아무리 기도를 드려도 죄를 용서받지 못한다면서 놀려댔습니다."

"그래, 그는 뭐라고 하던가?"

"그저 그는 '땅에는 평화, 사람에게는 행복이 있을지어다!'라고 말했을 뿐, 다시 쟁기를 잡고 말을 재촉하면서 노래를 부르기 시작했는데, 촛불은 여전히 그대로 타고 있더군요."

관리인은 웃음을 멈추고 기타를 내려놓고 고개를 떨구고 그대로 앉아 있더니 하녀와 이장을 물러가게 하였다. 그리고 나서 커튼을 치고 침대에 드러누워 한숨을 쉬며 신음 소리를 냈는데, 그것은 마치 짐을 실은 수레가 내는 소리 같았다.

그때 그의 아내가 들어와 말을 걸었으나 한마디도 하지 않았다.

"내가 졌어. 끝장이야! 이제는 내가 당할 차례야!"

아내는 남편을 달래며 말했다.

"여보, 지금이라도 농부들에게 가서 그들을 집으로 돌려보내세요. 그러면 아무 일도 없을 거예요. 지금까지는 더 심한 짓을 하고도 태연하더니 이번에는 왜 이렇게 두려워하고 있는지 모르겠군요."

"아, 이젠 끝장이야. 그자가 이겼어."

아내는 그에게 외치듯 말했다.

"빨리 나가서 농부들을 집으로 돌려보내세요. 모든 일이 잘 풀릴 거예요. 어서 가세요. 곧 말을 준비하라고 하겠어요."

말이 준비되었다. 아내는 남편을 달래어 지금 밭에 나가 농부들을 집으로 돌려보내라고 했다.

미하일 세묘느비치는 말을 타고 나갔다. 마을 입구에 도착하자 한 농부의 아내가 마을 문을 열어 주어 안으로 들어갔다. 관리인이 나타나자 어떤 사람은 뒤뜰로, 어떤 사람은 집 모퉁이로, 어떤 자는 처마 밑으로 도망치는 것이었다.

마을을 빠져나가 출구 쪽에 이르렀다. 문이 잠겨 있었는데 말을 탄 채로는 문을 열 수가 없었다. 관리인은 소리쳤다. 그러나 아무도 대답하는 사람이 없었다. 말에서 내려 자신이 문을 열고 다시 말을 타려고 한쪽 발을 올려놓는 순간, 말이 돼지에게 놀라 갑자기 뒷걸음질을 쳤다.

관리인은 몸이 무거웠으므로 몸을 가누지 못하고 말에서 떨어져 말뚝에 심하게 부딪혔다. 그런데 말뚝을 박아 만든 울타리에는 끝이 뽀족한 말목이 길게 튀어나와 있었는데, 관리인은 그만 이 말목에 배가 걸렸다. 체중이 무거운 탓으로 배가 찢겨져 땅바닥에 떨어졌다.

농부들이 밭에서 돌아왔는데 문께에 이르자 자기들 말이 안으로 들어가려고 하지 않았다. 그래서 자세히 보니 거기에 미하일 세묘느비치가 넘어져 있었다. 두 팔을 벌리고 눈을 부릅뜬 채 창자가 터져 나왔고 피가 웅덩이처럼 고여 있었다. 땅이 피를 빨아들이지 않았던 것이다.

농부들은 깜짝 놀라 말을 몰아 뒷길로 달아났다. 그러나 표트르 미혜예프만이 말에서 내려 관리인 옆으로 가서 이미 죽었음을 확인하고, 그의 눈을 감겨 주고, 수레에 말을 매어 시체를 관에 넣어 아들과 함께 지주의 저택으로 갔다.

지주는 이 모든 사정 이야기를 듣고 농부들에게 다음부터는 부역을 시키기 않았으며 소작료만 감해 주었다. 농부들은, 하나님의 힘은 죄에 있는 게 아니라 선에 있음을 깨달았다.

예멜리얀과 북

예멜리얀은 머슴으로서 주인집에서 살고 있었다. 어느 날 예멜리얀이 일하러 가는 도중에 목장을 지나게 되었다. 개구리 한 마리가 갑자기 뛰어나와 위태롭게도 밟힐 뻔했다. 예멜리얀이 개구리를 피해 걸음을 옮기려 할 때 "예멜리얀 씨!" 하고 누군가가 부르는 소리가 들렸다. 예멜리얀이 뒤돌아보자 아름다운 처녀가 그에게 말을 건네는 것이었다.

"예멜리얀 씨는 왜 아내를 얻지 않나요?"

"내가 무슨 재주로 아내를 얻겠어요. 나는 너무 가난해서 나에게 아내로 올 사람이 없어요."

그러자 그 처녀가 말했다.

"그럼 저를 아내로 삼아 주세요."

예멜리얀은 깜짝 놀란 한편, 그 처녀가 좋아졌다.

"그것은 기쁜 일이지만 어떻게 살아가겠소?"

"그런 근심은 하지 마세요. 잠 좀 적게 자고 부지런히 일하면 어디 가서나 먹고사는 데는 어려움이 없겠지요."

"그렇겠군. 그런데 어디로 가서 살아야 하나?"

"도시로 나가요."

그리하여 예멜리얀과 그 처녀는 도시로 나왔다. 처녀는 그를 도시 변두리의 조그만 집으로 데리고 갔다. 두 사람은 결혼식을 올리고 살림을 차렸다.

어느 날 임금님의 행차가 있었는데, 예멜리얀의 집 옆을 지나게 되었다. 예멜리얀의 아내도 임금님을 보려고 밖으로 나갔다. 임금님은 그녀의 아름다움에 적이 놀랐다.

"저 미인은 어디에 사는가?"

임금님은 마차를 세우고 예멜리얀의 아내를 가까이 불러서 물어보았다.

"너는 누구인고?"

"네, 저는 농부 예멜리얀의 아내이옵니다."

그녀가 대답했다.

"너 같은 미인이 어떻게 농부에게 시집을 갔느냐? 왕비가 되지는 않겠느냐?"

"말씀은 감사하오나 저는 농부의 아내로서 만족합니다."

임금님은 얼마 동안 그녀와 이야기하다 떠났다. 궁전에 돌아온 임금님은 예멜리얀의 아내를 잊을 수가 없었다. 임금님은 밤새 한잠도 자지 못하고 어떤 구실을 붙여 예멜리얀의 아내를 빼앗을까 궁리를 했다. 그래도 묘안이 떠오르지 않았다.

다음날, 신하들을 불러 자기의 고민을 이야기하고 좋은 방법을 생각해 내라고 명령했다. 그러자 신하 한 사람이 말했다.

"먼저 예멜리얀을 궁전에서 일하는 머슴으로 고용하는 게 좋을까 하옵니다. 그러면 저희들이 혹사를 시켜 죽여 버리는 겁니다. 그렇게 되면 그 여자는 자연히 과부가 되므로 그 후에는 임금님이 어떻게 하시든 마음대로 하시옵소서."

임금님은 신하들의 말에 따라 예멜리얀을 궁전 머슴으로 일하게 하고, 그의 아내도 궁전으로 불러오도록 명령했다. 사신이 예멜리얀에게 임금님의 명령을 전했다. 그러자 아내가 남편에게 말했다.

"염려할 것 없어요. 낮에는 그곳에서 일하고, 밤에는 집에 돌아오면 돼요."

그래서 예멜리얀은 그 사신을 따라갔다. 궁전에 도착하자 임금님의 시종이 물었다.

"너는 왜 아내와 함께 오지 않고 혼자 왔느냐?"

"나 같은 주제에 어찌 아내와 함께 올 수 있겠습니까? 아내는 착실히 집안일을 해야지요."

그날부터 예멜리얀에게 두 사람 몫의 일이 떠맡겨졌다. 그는 그 일을 도저히 감당할 자신이 없었으나 여하튼 일을 시작했다. 그런데 어찌 된 일인지 저녁이 되자 일은 완전히 끝났다. 시종은 일이 끝난 것을 보고, 이튿날은 네 사람 몫의 일을 시켜야겠다고 생각했다.

예멜리얀은 저녁에 집으로 돌아왔다. 집 안은 깨끗이 청소되어 아주 잘 정돈되어 있었다. 난로에는 훈훈하게 불이 타오르고 저녁 식사도 준비되어 있었으며, 아내는 탁자 곁에서 바느질을 하며 남편이 돌아오기를 기다리고 있었다. 그녀는 예멜리얀을 맞이했다. 그리고 음식을 차려 남편에게 권하면서 일에 대해서 물었다.

"힘겨운 일이었어. 지나친 일을 맡겨서 나를 죽일지도 몰라."

"여보, 그러나 일에 대해서 너무 생각하지 마세요."

아내가 위로하며 말했다.

"그리고 일을 처리해 나갈 것에 대해서도 별로 걱정 마세요. 일을 마치려면 시간이 얼마나 걸릴까, 얼마나 남았을까 하는 것 말이에요. 그저 열심히 하다 보면 모든 것이 잘될 거예요."

예멜리얀은 잠이 들었다. 다음날도 궁전에 나가 곁눈질 한 번 하지 않고 열심히 일을 했다. 그날도 결과는…… 저녁이 가까워지자 일이 다 끝나고 어둡기 전에 집으로 돌아올 수가 있었다.

하루하루 예멜리얀의 일은 많아져 갔다. 그러나 예멜리얀은 언제나처럼 시간 내에 일을 끝내고 집에 돌아와 아내의 시중을 받았다.

일주일이 지났다. 임금님의 신하들은 아무리 거친 일을 시켜도 예멜리얀을 굶길 수 없음을 알고 이번에는 머리를 쓰지 않고는 도저히 해낼 수 없는 어려운 일을 시켰다.

그러나 그런 일도 아무런 효과가 없었다. 목수 일이든 석공이든 지붕 일까지도 예멜리얀은 거침없이 정한 시간에 척척 해치우고 저녁에는 아내에게로 돌아가는 것이었다. 이렇게 하여 두 주일이나 지났다. 임금님은 신하들을 불러 말했다.

"너희들은 도대체 뭣들 하는 것이냐? 벌써 두 주일이나 공으로 넘겼으니. 그놈은 밤에 흥겨운 노래를 부르며 집으로 돌아가고 있지 않은가? 네 놈들은 나를 바보로 취급하는 게냐?"

신하들은 여러 가지 변명을 늘어놓았다.

"저희들은 있는 힘을 다해 그놈을 거칠게 다루어 죽이려고 했으나, 그놈은 어떠한 일도 거뜬하게 해치우니 아무런 효과가 없습니다. 그래서 저희들은 그놈을 지혜가 모자라는 놈이라고 생각하고 머리 쓰는 일을 시켜 보았으나 그 일도 식은죽 먹듯 해치우는 것입니다. 무슨 일이나 모두 해치우는 것을 봐서는 아마 그놈이나 아내가 마법을 알고 있지 않나 하는 생각이 듭니다. 저희들은 더 이상 어떤 방법이 없어서 이번만은 도저히 못할 일을 시키려고 합니다. 그것은 다름 아니오라 단 하루에 커다란 가람(伽藍)을 지으라고 명령하는 것입니다. 폐하께서 예멜리얀을 직접 불러서 하루 만에 궁전 앞에 커다란 가람을 지으라고 분부하십시오. 만일 그놈이 그 일을 해내지 못하면 명령을 거역했다고 해서 처형하는 것이 좋을 것입니다."

임금님은 사람을 보내 예멜리얀을 불러왔다.

"예멜리얀은 들어라. 이 궁전 앞 광장에다 새로운 가람을 지어야겠다. 네가 내일 밤까지 그것을 세우면 큰상을 받을 것이지만, 만일 완성을 못할 때에는 네 목을 자르겠다. 알았느냐?"

예멜리얀은 임금님의 명령을 듣자마자 '아? 이제 나는 끝장이구나.' 하고 생각하면서 곧 집으로 돌아왔다. 그리고 아내에게 말했다.

"여보, 이제는 도망가는 수밖에 없소. 어서 준비하시오. 그렇지 않으면 죄 없이 죽게 된단 말이오."

아내가 물어 보았다.

"아니! 뭘 그렇게 무서워하세요? 왜 도망치지 않으면 안 돼요?"

"이걸 두려워하지 않을 사람이 어디 있겠소? 임금님께서 내일 단 하루 만에 큰 가람을 완성하라는 명령이오. 그리고 세우지 못할 때에는 목을 자른다는 거야. 그러니 이제는 어쩔 수 없잖아. 지금 도망치지 않으면 안 돼."

그러나 아내는 그 말을 듣지 않았다.

"임금님에게는 병사들이 많아요. 우리가 어디를 가든지 금방 붙잡히고 말아요. 할 수 있는 데까지 임금님의 명령에 복종하는 것이 좋아요."

"그러나 그 엄청난 일을 어떻게 해낸단 말이오. 내 힘으로는 도저히 할 수가 없는 일인데?"

"여보, 당신은 걱정 안 해도 돼요. 저녁이나 드시고 잠이나 푹 자두세요. 그리고 내일은 아침 일찍 일어나세요. 그러면 모든 것이 다

잘될 거예요."

예멜리얀은 잠자리에 들었다. 다음날 아침 그의 아내는 그를 일찍 깨웠다.

"자 빨리 가세요. 가서 가람을 세우고 오면 돼요. 여기에 못과 망치가 있으니 가지고 가세요. 그곳에 가면 하루의 일이 거의 다 완성되어 있을 거예요."

예멜리얀이 궁전 앞 광장에 도착해 보니 거의 완성된 커다란 가람이 세워져 있었다. 예멜리얀은 못과 망치로 몇 군데를 손질했다. 그래서 저녁때까지 완벽하게 완성해 놓았다.

한편, 잠에서 깨어난 임금님은 궁전 앞을 바라보니 광장에 하늘 높이 커다란 가람이 세워져 있었고, 예멜리얀이 여기저기를 돌아다니며 마무리하는 못질을 하고 있었다. 임금님은 그 웅장한 가람에도 조금도 즐겁지 않았다. 다만 예멜리얀을 처벌하고 그의 아내를 빼앗을 구실이 없어졌으므로 오히려 안절부절하고 있었다. 임금님은 또 신하들을 불렀다.

"보아라, 저 가람을. 예멜리얀은 또 해내지 않았는가? 이쯤 되면 그놈을 쫓아낼 구실이 없지 않은가. 이런 일은 그놈에게는 너무나 쉬운 일이야. 그대들은 더 어려운 일을 궁리해서 그놈을 처단하게 하오. 만일 이번에도 안 되면 그대들 목부터 잘라 버리겠소."

그래서 신하들은 궁전 주위를 배가 지나다닐 수 있도록 강을 팔 것을 예멜리얀에게 분부하도록 진언했다.

임금님은 예멜리얀을 불러서 강을 만드는 일을 명령했다.

"네 놈은 하루 만에 큰 가람을 만들어 냈다. 그렇다면 이번 일쯤은 아무것도 아닐 거야. 내일까지 끝내지 않으면 안 된다. 만일 이 일을 완성하지 못하면 네 놈의 목을 자르겠다."

예멜리얀은 더욱 놀라서 어깨를 늘어뜨리고 집으로 돌아왔다.

"왜 또 그렇게 힘이 없어요? 임금님께서 또 새로운 일을 분부했나요?"

예멜리얀은 아내에게 모두 이야기했다.

"이번에야말로 정말 도망쳐야만 해요."

그러나 아내는 또 이렇게 대답했다.

"도망칠 수가 없어요. 어디를 가나 붙잡히고 말아요. 역시 분부대로 따라야 해요."

"그러나 그 엄청난 일을 어떻게 할 수 있소. 나는 아무래도 할 수 없어."

"괜찮아요. 겁낼 것 없어요. 저녁이나 드시고 잠이나 주무세요. 그리고 내일 아침 일찍 일어나시면 모든 일이 잘될 거예요."

그래서 예멜리얀은 잠이 들었다. 다음날 아침 일찍 아내는 그를 깨웠다.

"빨리 궁전으로 가 보세요. 일은 거의 다 돼 있어요. 다만 궁전 정면에 약간의 흙이 쌓여 있으니 삽을 가지고 가서 평평하게 고르기만 하면 돼요."

예멜리얀은 아침 일찍 집을 나섰다. 궁전 둘레에는 이미 강이 되어 있었고 커다란 배가 다닐 정도였다. 아내가 말한 대로 궁전 정면에 흙이 쌓여 있었다. 그래서 예멜리얀은 삽을 들고 흙을 고르기 시작했다.

임금님은 잠에서 깨어 궁전 주위를 둘러보고 깜짝 놀랐다. 어제까지 없었던 강이 만들어졌고 배가 오가고 있었으며 예멜리얀은 삽을 들고 흙을 고르고 있었다. 임금님은 너무나 놀랐다. 그러나 임금님은 강이나 배를 보아도 기쁘지 않았다. 도리어 예멜리얀을 벌할 수 없어서 대단히 화가 났다.

'아무래도 안 되겠는걸. 그놈은 못하는 일이 없는 모양이다. 그렇다면 어떻게 하면 좋을까?'

임금님은 신하들을 다시 불러 그들의 진언을 요구했다.

"예멜리얀이 절대로 하지 못할 일을 생각해 내라. 우리가 아무리 지혜를 짜내도 그놈은 힘들이지 않고 해내니, 이래서야 그놈의 아내를 빼앗을 재간이 없잖은가?"

신하들은 머리를 맞대고 새로운 일을 짜내기 시작했다. 그리고 임금님에게 계략을 아뢰었다.

"예멜리얀을 어딘지 모르는 곳으로 보내어 무엇인지 모르는 물건을 가지고 오도록 분부하십시오. 그러면 제아무리 그놈일지라도 도저히 피할 수는 없을 것입니다. 임금님께서는 그놈이 어디를 가든 그가 가는 곳이 틀렸다고 말씀하시고, 무엇을 가지고 오든 분부하신 것과는 다르다고 하시면 되는 겁니다. 그렇게 되면 그놈을 죽일 수 있고, 그 아내도 빼앗아 오기 쉬울 것입니다."

"그거 정말 좋은 생각이다."

임금님은 예멜리얀을 불러 명령했다.

"너는 어딘지 모르는 곳에 가서 무엇인지 모르는 물건을 가지고 오너라. 만일 그렇지 못하면 목을 자를 것이다."

예멜리얀은 아내에게 돌아가서 임금님께서 분부한 대로 말했다. 이번에는 아내도 생각에 잠겼다.

"이것은 분명……."

그녀는 말을 계속했다.

"당신을 어떻게든 해치우려는 신하들이 임금님에게 진언한 것이 틀림없어요. 이번만은 매우 주의를 기울이지 않으면 안 되겠어요."

그의 아내는 가만히 앉아서 생각에 잠기더니 이윽고 남편에게 말했다.

"조금 멀기는 하지만 그 병사의 어머니인 할머니에게 가서 도움을 청하지 않으면 안 돼요. 그리고 그 할머니께서 무엇을 주면 그것을 갖고 곧 궁전으로 가세요. 저도 궁전에 가게 될 거예요. 일이 이쯤 되면 저도 더 이상 빠져나갈 방법이 없어요. 힘이 달려 붙들려 갈 것이니까요. 그렇지만 그곳에 오래 있지는 않아요. 만일 당신이 그 할머니가 지시하는 대로만 확실히 해준다면 곧 저를 구해 낼 수가 있어요."

아내는 남편에게 여행 준비를 시키고 조그만 자루와 추(錘)를 내주
었다.

"이것을 할머니에게 주면 돼요. 이것을 보면 당신이 제 남편이라는
것을 알 거예요."

아내는 남편에게 길을 알려 주었다. 예멜리얀은 여행길에 올랐다.
얼마쯤 걸어가니 병사들이 훈련을 하고 있었다. 예멜리얀은 그들이
훈련을 마치고 쉬는 틈을 이용해 물어 보았다.

"여보세요, 어딘지 모르는 곳을 가려고 하는데 어디로 가야 합니
까?"

병사들은 그 말을 듣자 어리둥절하면서 물어 보았다.

"아니, 누구에게 그런 일을 부탁받았소?"

예멜리얀이 대답했다.

"임금님에게서."

"사실은 우리들도 병사가 된 날부터 지금까지 어딘지 모르는 곳을
향해 행진하고 있습니다. 그러나 아무래도 그곳에 도착할 수가 없어
요. 그리고 우리들도 무엇인지를 모르는 물건을 찾고 있으나 좀처럼
그것을 찾을 수가 없소. 그러니까 우리들도 가르쳐 줄 수 없답니다."

예멜리얀은 잠시 병사들과 휴식을 취한 뒤 다시 길을 떠났다. 얼마
를 걸어서 겨우 숲에 당도했다. 숲 속에는 작은 움막이 하나 있었는
데 그 움막에는 병사의 늙은 어머니께서 울면서 베를 짜고 있었다.
그 할머니는 베를 짜면서 손끝에 침을 적시는 대신 눈물을 적시고 있

었다. 할머니는 예멜리얀을 보자 큰 소리로 외쳤다.

"어떻게 여기에 왔소?"

예멜리얀은 그 할머니께 추를 내보이고 아내가 자기를 이곳에 보낸 사유를 말했다. 그러자 할머니는 마음이 풀어져서 여러 가지를 물었다. 예멜리얀은 지금까지 일어난 일들을 모두 이야기했다. 그 처녀와 결혼한 동기, 도시로 이사간 일, 임금님의 궁전에 불려가 여러 가지 어려운 일을 명령받고 가람을 세우고 궁전 둘레에 배가 다니는 강을 만들었던 일부터 이번에는 또 임금님이 어딘지 모르는 곳에 가서 무엇인지를 모르는 물건을 가지고 오라는 것까지를 모두 이야기했다. 할머니는 이야기를 끝까지 듣고 있다가 속으로 중얼거렸다.

'마침내 때가 온 모양이군.'

"이봐 젊은이, 이젠 안심해도 좋아요. 이리로 오게. 먹을 것을 줄 테니까."

예멜리얀이 식사를 마치자 할머니는 그에게 이제부터 어떤 일을 해야 하는지를 알려 주었다.

"잘 들어요. 여기 실 꾸러미가 있는데 이것을 앞으로 굴려야 해. 그리고 그것이 굴러가는 뒤를 따라가야 해요. 아주 멀리 따라가면 해변까지 이를 거야. 바다 옆에는 큰 도시가 있고, 그 거리로 들어가면 제일 끝 집으로 가서 하룻밤을 묵게 해 달라고 부탁해요. 그러면 그곳에서 젊은이가 필요한 것이 눈에 띌 거야."

"할머니, 그것을 어떻게 알 수 있을까요?"

"사람들이 부모의 이야기보다 그 물건이 말하는 것을 더 잘 듣는 것을 발견하면 그것이 곧 젊은이가 찾고 있는 것이야. 그러면 곧 그것을 임금님에게 가지고 가요. 임금님에게 가져가면 임금님은 그런 것을 갖고 오라고 하지 않았다고 할 것이 틀림없어. 그때 젊은이는 이렇게 대답해야만 돼요.

"만일 이것이 아니라면 부숴 버려야겠다고. 그리고 그것을 두드리면서 강기슭까지 가서 사정없이 부숴 버린 후에 물에 처넣는 거야. 그렇게 하면 자네는 아내도 구할 수 있고, 내 눈물도 그치게 할 수가 있으니까."

예멜리얀은 그 할머니에게 작별 인사를 하고 집을 나와 실 꾸러미를 굴렸다. 실 꾸러미는 구르고 굴러 마침내 바닷가까지 왔다. 해안에는 커다란 도시가 있고 그 변두리에 마지막 집이 있었는데 아주 높은 집이었다. 예멜리얀은 그 집으로 들어가 하룻밤만 묵게 해 달라고 부탁했다. 그는 그곳에서 하룻밤을 지냈다. 아침에 일어났더니 그 집의 주인이 이미 일어나 아들을 깨우며 장작을 날라 오라는 소리가 들렸다.

"너무 이르잖아요? 천천히 해도 되는데요."

그러자 난로 쪽에서 어머니의 목소리가 들려 왔다.

"빨리 가져오너라. 아버지께서는 몸이 아파서 그래. 그래도 아버지에게 장작을 나르게 할 거냐?"

그러나 아들은 무엇이라고 중얼거리더니 다시 누워 버렸다. 자리에 눕자마자 갑자기 무서운 소리가 길거리에서 들려 왔다. 아들은 벌떡 일어나 급히 옷을 입고 밖으로 뛰어나갔다. 예멜리얀도 급히 일어나 아들 뒤를 쫓아갔다. 그런 소리를 내는 것이 도대체 무엇일까? 그것을 확인하기 위해 따라갔다.

예멜리얀은 한 사나이가 무엇인가를 배에 달고 쿵쿵 두드리며 거리를 걸어가고 있는 것을 보았다. 그것이 무서운 소리를 내는 정체이며 더구나 그것이 아들을 복종시키는 물건이었다. 예멜리얀은 가까이 다가가서 그것을 자세히 살펴보았다. 그것은 대야같이 둥글고 양쪽에는 가죽을 씌운 것이었다. 그는 그것이 무엇이냐고 물었다.

"북이오."

"그러면 이것은 속이 비었군요?"

"그렇지. 텅 비었어."

예멜리얀은 깜짝 놀랐다. 그러고는 그것을 양도해 주겠느냐고 부탁했다. 그러나 그는 좀처럼 허락하지 않았다. 예멜리얀은 일단 단념하고 북 치는 사람의 뒤를 따라 걸었다. 하루 종일 따라다녔다. 마침내 북 치는 사람이 쉬는 사이에 북을 훔쳐서 도망을 쳤다.

뒤도 돌아보지 않고 있는 힘을 다해 뛰어서 예멜리얀은 겨우 자기가 살던 도시로 돌아왔다. 먼저 아내를 만나야겠다고 집으로 달려갔으나 아내는 없었다. 그가 집을 떠난 다음날 임금님은 그의 아내를 궁전으로 데려가고 만 것이었다. 예멜리얀은 궁전으로 찾아갔다.

"어딘지 모르는 곳에서 무엇인지 모를 물건을 가지고 왔습니다."

신하들은 임금님에게 그대로 고했다.

임금님은 예멜리얀에게 내일 다시 오라고 명령했다. 예멜리얀은 물러나지 않고 다시 한번 전해 줄 것을 부탁했다.

"오늘 제가 온 것은, 명령하신 것을 가져왔기 때문입니다. 이것을 임금님에게 전해 주시고 여기까지 나오시도록 부탁드립니다. 그렇지 않으면 제가 들어가서 뵙겠습니다."

임금님이 나오면서 물었다.

"너는 어디를 갔다 왔느냐?"

예멜리얀은 이러이러한 곳을 다녀왔다고 대답했다.

"틀렸다. 그리고 무엇을 가지고 왔느냐?"

예멜리얀은 북을 보이려고 했으나, 임금님은 아예 북을 보려고도 하지 않았다.

"이것도 틀렸어요? 그렇다면 이것을 두들겨 부숴 버려야겠습니다. 악마에게나 줘야지."

예멜리얀은 북을 둥둥 두드리며 궁전을 나갔다. 그가 북을 두드리자 임금님의 군사들은 모두 예멜리얀을 따라가면서 그에게 경례를 했고 그의 명령을 기다리고 있었다. 임금님은 창문으로 그 광경을 보고 자기 군사들에게 예멜리얀을 따라가서는 안 된다고 명령했다. 그러나 임금님의 군사들은 임금님의 말을 듣지 않고 모두 예멜리얀을 계속 따라가고 있었다.

임금님은 이 광경을 지켜보다가 예멜리얀에게 그의 아내를 돌려주겠다고 제의하고, 그 대신 북을 자기에게 넘겨 달라고 했다.

"천만에요. 안 됩니다. 저는 이 북을 부숴서 강물에 처넣으라는 말을 듣고 왔습니다."

예멜리얀은 북을 치면서 강가에까지 왔다. 군사들도 뒤를 따라왔다. 예멜리얀은 강의 흙더미 위에 올라가 북을 두들겨 부숴서 강속에 던졌다. 그러자 군사들이 달아났다.

예멜리얀은 아내를 데리고 집으로 돌아왔다. 이런 일이 있은 후 임금님은 그를 괴롭히지 않게 되었다. 그래서 두 사람은 아무런 걱정 없이 행복하게 살았다.

무엇 때문에

1830년, 야체프스키는 조상 대대로 물려 온 그의 소유지 로잔카에 살고 있었는데, 이미 고인이 된 친구의 외아들인 이오시프 미구르스키란 청년이 찾아왔다. 야체프스키는 올해 예순다섯 살로 이마가 넓고 어깨가 떡 벌어진 고동색의 얼굴에 희끗희끗한 수염이 난 노인으로, 제2차 폴란드 분할 당시의 애국자였다.

그는 청년 시절에 미구르스키의 아버지와 카스추시카 군(軍)에 복무했고, 그 애국 정신으로 그의 계시문학적(啓示文學的)이라 불리는 탕녀 예카테리나 2세와 배신자인 그녀의 정부(情夫) 표나토프스키를 증오했다.

그는 또한 아침이면 해가 떠오른다는 것을 믿듯이 폴란드 공화국의 재흥을 믿었다. 1812년에 그가 존경했던 나폴레옹의 파멸은 그를 슬프게 했지만, 그가 불구가 되었음에도 여전히 폴란드의 재흥에 절망하지 않았다.

알렉산드르 1세에 의한 바르샤바에서의 국회 개원은 그의 희망을 부풀게 했으나 신성동맹, 온 유럽에서의 반동, 콘스탄틴의 우매함은 마음속 숙원의 실현을 멀게 하였다.

1825년, 야체프스키는 시골에 파묻혀 외부 출입을 삼가고 오직 자기의 영지 로잔카에 들어앉아 농사를 짓고 사냥을 즐겼으며 신문과 편지를 읽으면서 여전히 자기 조국의 정치적 사건에 관심을 기울이고 있었다.

야체프스키는 가난한 집의 딸이었으나 미인인 폴란드 소귀족의 처녀와 재혼을 하였다. 그러나 이 재혼도 행복하지 못했다. 그는 재혼한 아내를 사랑하거나 존경하지 않았고, 오히려 귀찮은 존재로 여기며 마치 자기가 두 번째 장가를 든 것의 잘못을 앙갚음이라도 하듯이 그녀를 학대했다. 이 아내에게서는 소생이 없었다. 전처에게서는 딸만 둘이 있었다. 큰딸 반다는 자기의 미모에 자신 있었으므로 시골에 묻혀 사는 것을 싫증내고 있었고, 아버지의 귀염을 받은 작은딸 알리비나는 생기가 넘치고 곱슬곱슬한 금발에 아버지를 닮은 미간, 반짝거리는 크고 푸른 눈을 가지고 있었다.

알리비나는 이오시프 미구르스키가 찾아왔을 때 열다섯 살이었다. 미구르스키는 학생 시절에 야체프스키 가족이 월동하고 있던 빌리노에 있는 그들의 집에 자주 찾아왔으며, 반다에게 마음이 끌려 구애하

기도 하였으나, 지금은 장성한 청년으로서 그들의 마을에 찾아온 것
은 처음이었다.

젊은 미구르스키의 방문은 로잔카의 주민 모두에게 즐거움을 주었
다. 늙은이에게는 그의 아버지인 젊은 시절의 친구를 회상케 한 것과
이 청년이 대단한 열의와 강한 장밋빛 희망을 가지고 폴란드뿐 아니
라 그가 막 보고 돌아온 외국의 혁명 분위기에 대해 이야기를 주고받
는 것으로도 즐거웠다.

야체프스카야 부인에게는 영감이 손님 앞에서 자중을 하고 평상시
처럼 그녀를 꾸중하지 않는 것이 즐거웠다. 반다에게는 미구르스키
가 찾아온 용건은 자기에게 청혼을 하려고 한다는 것을 믿고 매우 즐
거워했다. 그래서 그녀는 기꺼이 응낙할 마음의 준비를 하고 있었으
나, 자기의 자유를 값있게 팔아야 한다고 마음먹고 있었다.

알리비나는 모든 사람들이 기뻐하고 있으므로 그녀 역시도 즐거웠
다. 그런데 반다 혼자만이 미구르스키가 그녀에게 청혼할 의도로 찾
아온 것으로 믿고 있었던 것은 아니다. 이것은 집안의 모든 사람들
곧, 야체프스키 노인을 비롯하여 유모 루드비카까지 그렇게 생각하
고 있었다.

그것은 사실이었다. 미구르스키는 그러한 의도로 찾아왔으나 일주
일을 지내는 동안 무엇에 당하고 마음의 동요를 일으켜 청혼을 하지
않고 떠났다. 모든 사람들은 뜻하지 않은 그의 떠남에 놀랐다. 그리
고 알리비나 이외의 어느 누구도 그 이유를 알지 못했다. 알리비나는

이 뜻밖의 떠남에 자기가 원인임을 알고 있었다.

그가 로잔카에 체류하고 있는 동안 그녀는 미구르스키가 자기와 있을 때에만 특히 흥분하고 쾌활했다는 것을 눈치챘다. 그는 그녀를 마치 어린애 대하듯 했으며 그녀와 장난을 치고 놀기도 했다. 그러나 그녀는 여성의 본능적인 감응으로 그러한 태도가 어린애에 대한 것이 아니라 여성에 대한 남성의 그것임을 감득했다. 그녀가 그의 방에 들어섰을 때 그가 자기를 맞아들이며, 또 나갈 때 바래다주는 그 사랑에 찬 눈빛과 상냥한 미소 속에서 그것을 느꼈다.

그녀는 그러한 그의 태도가 어떤 명확한 대답을 주지는 못했으나 자기를 즐겁게 해주었으며, 그녀도 무의식중에 그의 마음에 즐거움을 주려고 애썼다. 그녀가 무슨 일을 하든 그는 마음에 들어했다. 그래서 그녀는 그와 같이 있는 자리에서 흥분하여 모든 것에 정성을 들였다.

그에게는 그녀가 귀여운 홀트견(犬)과 함께 달리고 뛰면서 그 개가 그녀의 얼굴을 핥으려고 하는 모습까지 마음에 들었다. 또한 하찮은 일에도 사람을 끌어들이는 밝은 웃음과 재미있어하는 모습도 마음에 들었고, 또 지루한 목사님의 설교를 들을 때 진지한 얼굴로 듣고 있는 것도 마음에 들었다. 그리고 특히 정확하고 유머러스하게 유모와 술에 취한 이웃, 그리고 그 자신, 즉 미구르스키를 이 모습 저 모습으로 순간적으로 표현하여 흉내내는 것이 마음에 들었다.

그러나 무엇보다 가장 마음에 들었던 것은 그녀가 마치 인생의 아

름다움을 완전히 알고 마음껏 이용하려는 듯한 태도와 그 쾌활한 낙
천적인 성격이었다. 그에게는 그녀의 이 특별한 낙천성이 마음에 들
었으며 이것이 그를 기쁘게 한다는 것을 그녀도 알고 있었다.

그녀는 그 사실을 누구에게도 말하지 않고, 자신에게도 명확히 말
하지 않았으나, 그가 동생을 사랑하고 싶어했으며 또 사랑하였음을
마음속 깊이 알고 있었다.

알리비나는 총명하고 교양 있는 미모의 반다와 비교했을 때 자기
는 보잘것없는 것으로 여겼기 때문에 그의 이러한 사랑에 놀랐고, 기
쁨을 느끼지 않을 수 없었다. 그리하여 자신의 온 힘을 다하여 미구
르스키를 사랑하였다. 즉, 일생에 있어서 처음이자 마지막인 것처럼
사랑하였다.

늦여름에 신문은 파리의 혁명에 관한 소식을 전했다. 뒤이어 바르
샤바에서 폭동이 일어날 조짐이 보인다는 소식이 전해졌다. 야체프
스키는 공포와 희망이 뒤섞인 마음으로 콘스탄틴의 암살과 혁명의
발발에 관한 소식을 우편이 있을 때마다 초조하게 기다렸다.

11월 말, 망루(望樓)에 대한 습격과 콘스탄틴 파블로비치의 도피에
대한 소식, 국회가 폴란드 로마노프 왕가의 통치권을 빼앗고 포로피
스키가 독재자로 선언되며 폴란드 국민은 또다시 자유를 누리게 되
었다는 뉴스가 전해졌다. 폭동은 아직 로잔카까지는 확산되지 않았
으나, 로잔카 주민은 모두 그 진행을 지켜보고 기대하면서 그것에 대

비하고 있었다.

　야체프스키 노인은 폭동의 주모자 중 한 사람과 서신을 교환하며 농사일을 하기 위해 고용한 것이 아닌 혁명 사업을 위하여 유태인 하인을 비밀리에 거느려 왔으며, 결정적 시기에 폭동에 합류할 준비를 하고 있었다.

　야체프스카야 부인은 평상시보다 더 많은 물건을 제공하기 위하여 마음을 써야 했고 그 때문에 그를 화나게 했다. 큰딸 반다는 바르샤바의 한 친구에게 자기의 보석과 귀금속을 혁명위원회에 헌금하도록 우송했다.

　한편 알리비나는 미구르스키가 하고 있는 일에만 관심을 기울였다. 아버지를 통해서 그가 드베 니스키 부대에 입대하였다는 것을 알았다. 그래서 그녀는 그 부대에 관한 모든 것을 알려고 애썼다.

　미구르스키는 두 번에 걸쳐 편지를 보내 왔다. 한 번은 그가 군에 입대했다는 소식이었고, 다음은 2월 중순에 쓴 것으로 러시아 군의 대포 6문을 노획하고 포로들을 생포한 스토쿠트 싸움에서의 폴란드 군의 승리에 관한 환희의 편지였다. 그는 편지에 '폴란드 군의 승리와 러시아 군의 패배! 만세!' 라고 끝맺고 있었다.

　알리비나는 기뻐 어쩔 줄을 몰랐다. 그녀는 지도를 펴서 러시아 군을 결정적으로 격파하게 될 곳과 때를 헤아렸다. 그래서 아버지가 우체국에서 배달된 소포를 천천히 풀고 있을 때에 얼굴이 창백해지며 몸을 떨었다. 한 번은 새엄마가 방에 들어갔다가 그녀가 바지와 모자

차림으로 거울 앞에 서 있는 것을 보았다. 알리비나는 남장(男裝)을 하고 폴란드 군대에 합류하기 위해 집에서 뛰쳐나갈 채비를 하고 있었다.

새엄마는 그것을 아버지에게 알렸다. 아버지는 딸을 불러 그녀의 애국심에 대한 동감과 환희를 그녀 앞에서는 감추고, 전쟁에 나가겠다는 어리석은 생각을 포기할 것을 요구하면서 엄하게 꾸짖었다.

"여자에게는 할 일이 따로 있다. 즉 조국을 위해서 자기를 희생하는 사람들을 사랑하고 위로하는 것이다."

현재 그녀는 아버지에게 기쁨과 위안을 주는 극히 필요한 존재였으며 앞으로는 남편에게 필요한 존재가 될 것이다. 그는 딸에게 어떻게 해야 하는가를 알고 있었다. 그녀에게 자기는 실로 고독하다는 것과 불행하다는 것을 넌지시 비치며 그녀에게 입을 맞추었다. 그녀는 눈물을 감추려고 하였으나 아버지 잠옷의 소매를 적셨다. 그리고 아버지의 승낙 없이는 어떠한 일도 하지 않겠다고 약속했다.

폴란드가 분할되어 그 일부가 증오할 독일인들의 수중에 들어가고, 다른 일부가 더욱 증오할 러시아인들의 지배하에 놓이게 되었을 때 폴란드 사람들이 경험한 것과 같은 일을 경험한 사람들만이 1830년과 1831년에 폴란드인들이 경험한 그 환희의 기분을 이해할 수 있을 것이다. 그러나 이 희망은 오래 계속되지 못했다. 세력의 불균형 때문에 혁명은 또다시 좌절되었다.

이번에도 무의미하게 복종하는 수만의 러시아인들이 폴란드로 몰려와 혹은 자비치 또는 파소케비치와 최고 관리자인 니콜라이 1세의 지휘하에 무엇 때문에 자기들이 그러한 짓을 하고 있는지조차 알지 못하면서 자기들의 형제인 폴란드인의 피로 땅을 물들이고, 또 폴란드인의 자유라든지 박해 같은 것은 생각지도 않고 오직 자신들의 탐욕과 엉뚱한 허영심을 채우는 일에만 급급한 허약하고 한심스런 자들의 지배하에 놓였다.

바르샤바는 점령당하고 독립 부대들은 격파당했다. 수백 수천 명의 사람들은 총살을 당하고 매를 맞고 또는 추방당했다. 추방당한 사람 중에는 젊은 미구르스키도 포함되어 있었다. 그의 땅은 몰수당하고 그 자신은 러시아의 병사로 징집되어 우랄리스크의 상비대로 배속되었다.

야체프스키의 집에서는 지난해부터 심장병으로 고생하고 있는 노인의 건강을 위해서 1832년의 여름을 빌리노에서 지냈다. 이곳의 요새(要塞)에서 근무하고 있는 미구르스키가 보낸 편지가 도착했다.

그 편지에는 그가 오늘날까지 참고 살아온 일, 그리고 앞으로도 참고 견디어 나가지 않으면 안 될 일, 아무리 고통스럽더라도 조국 폴란드를 위하여 받는 고통을 자기는 기뻐하며, 자기 일생의 일부분을 바쳤으며 나머지 생애도 바칠 각오가 되어 있는 거룩한 사업에 실망하지 않고 있으며, 만일 내일이라도 새로운 가능성이 발견되면 자기는 분연히 투신하겠다고 적혀 있었다.

소리 내어 편지를 읽으면서 노인은 이 대목에서 흐느껴 울기 시작하였으므로 나머지 부분을 다 읽지 못했다. 그래서 큰딸 반다가 이 편지의 나머지 부분을 읽었는데, 미구르스키는 자기의 생애에 있어서 영원히 가장 밝은 하나의 점으로 남게 될 그 마지막 방문 때에 자기 가슴에 품었던 희망과 꿈이 비록 어떤 것일지라도 지금은 말할 수도 없고 또 말하고 싶지도 않다고 쓰고 있었다.

반다와 알리비나는 이 말의 뜻을 자기 나름대로 이해했으나 그것을 아무에게도 밝히지 않았다. 이 편지의 마지막에서 미구르스키는 모든 사람들에게 안부를 전했다. 특히 지난번 방문 때 알리비나를 대했던 것 같은 장난기 있는 어조로, 홀트건을 몰면서 지금도 그렇게 날쌔게 뛰고 있으며 낯선 사람의 흉내를 내고 있느냐고 물었다. 그는 노인 영감에게는 건강과, 어머니에게는 가사에 대한 즐거움과, 반다에게는 훌륭한 배우자가 있기를, 알리비나에게는 그 쾌활성을 계속 간직하라고 기원했다.

야체프스키 영감의 건강은 점점 나빠져 갔다. 그리하여 1833년 온 가족은 외국으로 이주했다. 반다는 바덴에서 어떤 부유한 폴란드인 망명자를 만나 그와 결혼을 했다. 노인의 병은 급속히 악화되어 결국 1833년 그는 조국에 대한 독립의 한을 품고 외국의 하늘 아래서 작은 딸 알리비나의 품에 안겨 숨을 거두었다. 그는 아내에게 병간호를 맡기지 않았으며, 마지막 순간까지 그녀에게 재혼하여 그가 저지른 잘못을 사과하지 않았다. 야체프스카야 부인은 알리비나와 함께 고향의 땅으로 돌아왔다.

알리비나의 생활에 있어서 가장 중요한 관심은 미구르스키에게 있었다. 그녀의 눈에는 그가 자기의 한평생을 바쳐 섬길 수 있는 가장 위대한 영웅이자 순교자였다. 외국에서 귀국하기까지는 아버지의 양해 아래 그와 서신 교환을 시작했고, 그 다음에는 자기가 직접 서신을 교환했다. 아버지가 돌아가신 뒤 그녀는 고향으로 돌아와 그와 서신 교환을 계속했다.

그리고 그녀가 열여덟 살이 되던 해 새엄마에게 자기는 시집을 가기 위해 미구르스키가 있는 우랄리스크로 가기로 결심했다고 말했다. 새엄마는 미구르스키가 부유한 집 딸을 유혹하여 딸에게 자기의 고통을 분담시키고 편하게 지내려 한다고 그를 힐난하였다. 알리비나는 화가 나서 새엄마에게 자기 나라 국민을 위하여 모든 것을 희생한 사람에게 그런 비열한 생각을 하는 사람은 당신뿐이다, 또 내가 그를 돕겠다는 것조차 그는 거절하고 있다, 그리고 나는 그에게 찾아가서 그가 만일 자기에게 그러한 행복을 주고자 한다면 그와 결혼하겠다는 굳은 결심을 말했다.

알리비나는 성인이 되었고, 숙부가 돌아가시면서 두 조카딸에게 남긴 30만 즐로티의 돈을 가지고 있었다. 그러니 그녀의 결심은 그 어떤 것으로도 꺾을 수 없었다.

1833년 11월, 알리비나는 마치 죽음의 길을 나서는 사람처럼 멀고

먼 야만스런 러시아 사람들의 나라로 떠나 보내는 집안 식구들과 작
별을 하고, 자기와 함께 가기로 한 충실한 늙은 유모 루드비카와 먼
여정을 위해 새로 손질한 아버지의 조그마한 마차에 몸을 실었다.

　미구르스키는 병영(兵營)에서 살지 않고 자기의 개인 주택에서 살
고 있었다. 니콜라이 파블로비치는 폄척(貶斥)당한 폴란드인들에게
엄격한 사병 생활의 고통을 견뎌 내고 이 병사 생활을 하는 동안에
받는 모든 푸대접을 감내할 것을 요구하고 있었다.
　그러나 이러한 그의 명령을 준수해야 할 위치에 있는 대부분의 순
진한 사람들은 폄척당한 사병들의 고통을 이해하고 있었으며, 그 명
령을 어김으로써 생기는 위험에도 불구하고 그 명령에 불복하였다.
　미구르스키가 속해 있는 부대의 대대장은 겨우 문맹을 면한 사병
출신의 장교로서, 전에는 부유하였으나 지금은 모든 것을 박탈당한
교양 있는 이 젊은이의 처지를 이해하고 존경했으며 모든 일에서 그
를 관대히 대해 주었다. 그래서 미구르스키도 병사다운 얼굴에 흰 구
레나룻을 하고 있는 육군 중령의 온후함을 높이 사지 않을 수 없었으
며, 그의 온정에 보답하기 위해 육군 견습사관학교 입학 시험을 준비
하고 있는 그의 아들에게 수학과 프랑스어를 가르쳐 주었다.
　벌써 7개월이 된 우랄리스크에서의 미구르스키의 생활은 단조롭
고 침울하고 지루할 뿐만 아니라 고통스럽기까지 하였다. 아는 사람
이라고는 되도록 친근하게 지내려는 대대장 외에 딱 한 사람, 여기에

서 생선 가게를 차리고 있는, 교양도 별로 없었으며 교활하고 불쾌한 사람인 추방당해 온 폴란드인이 있을 뿐이었다.

미구르스키는 이 궁색한 생활에 익숙해지기가 매우 어려웠다. 재산을 몰수당한 뒤에는 가진 것이 아무것도 없었다. 다만 자기에게 남은 금붙이를 팔아서 겨우겨우 살아가고 있었다.

추방되어 온 이후의 그의 생활에 있어서 유일한 기쁨은 알리비나와의 서신 교환과 로잔카의 방문 때부터 그의 머릿속에 남아 있고, 지금의 추방된 땅에서 더욱 아름다워져 가는 추억의 상상이었다. 그녀는 무엇보다도 지난번 편지 가운데 '내 희망과 꿈이 비록 어떠한 것일지라도' 라는 말의 뜻을 묻고 있었다.

그는 그녀에게 이제 자기의 희망이 그녀를 아내로 맞으려는 것이었다고 고백했다. 그녀는 그를 사랑하고 있다고 회답하였다. 그러나 그는 소녀가 그러한 말을 쓰지 않는 것이 좋다, 왜냐하면 그에게는 그것이 가능하리라는 확신이 없으며 지금으로서는 불가능하다고 생각하는 것이 두렵기 때문이라고 회답했다. 그러자 그녀는 그것이 가능할 뿐만 아니라 반드시 그렇게 될 것이라고 회답했다. 그는 그녀에게 그녀의 희생을 받아들일 수 없으며, 자기의 현재 상태로서는 그것이 불가능하다고 회답했다.

이와 같은 편지를 보내고 난 얼마 후 그녀로부터 2000즐로티의 송금 수표를 받았다. 봉투의 글씨로 보아 그것이 알리비나의 것임을 알고 편지에 자기는 지금 필요한 모든 것, 즉 차 값, 담뱃값, 심지어는

책값까지도 벌어서 만족을 느끼고 있다고 써 보낸 적이 있었다. 그는 그 돈을 다른 봉투에 넣어 두 사람의 거룩한 관계를 돈으로 망치지 말길 바란다는 편지를 써서 도로 부쳤다. 자기는 이제 생활에는 어려움이 없으며, 그녀와 같은 벗을 가지고 있다는 걸 생각하면 더할 수 없는 행복을 느낀다고 그는 썼다. 이것으로써 그들의 서신 교환이 끊어졌다.

11월, 미구르스키가 육군 중령 집에서 아이들을 가르치고 있을 때 우편 마차의 방울 소리가 들리고 이윽고 얼어붙은 눈 위에서 썰매의 활목이 삐걱 소리를 내면서 우편 마차는 현관 앞에 멈췄다. 어린아이들은 누가 왔나 보려고 뛰어나갔다. 미구르스키도 문을 바라보고 아이들이 돌아오기를 기다리고 있었다. 그러나 문을 열고 들어선 것은 중령 부인이었다.

"선생님, 어떤 여자 분들이 찾아와 당신을 찾고 있어요. 어쩌면 고향에서 찾아온 사람들일지도 몰라요. 폴란드 사람들 같아요."

만일 미구르스키에게 당신은 알리비나가 찾아올 것으로 생각하느냐고 묻는다면 그는 생각조차 할 수 없는 일이라고 말했을 것이다. 가슴속 깊은 곳에서는 그녀를 기다리고 있었으나, 막상 그 현실 앞에서는 피가 심장에서 역류하는 것 같았다. 그는 숨쉴 겨를도 없이 현관으로 뛰어나갔다.

현관에는 얼굴에 기미가 낀 한 뚱뚱한 여자가 머리에서 수건을 풀고 있었다. 또 한 여자는 중령 집 문을 들어서고 있었다. 그 여자는 등뒤에서 들려 오는 발소리를 듣고 뒤돌아보았다. 그는 수건 밑으로 알리비나의 삶의 기쁨에 넘친 미간과 희망에 빛나는 두 눈동자를 보았다. 그는 넋을 잃고 서 있었다. 그리고 어떻게 맞아들이고 어떻게 인사말을 해야 할지를 몰랐다.

"유죠!"

그녀는 그들 아버지가 불렀던 것처럼 미구르스키를 부르며 외쳤다. 그리고 두 팔로 목을 끌어안아 그의 얼굴에 자기의 빨개진 얼굴을 비벼 댔다. 그리고 웃었으며 결국엔 울음을 터뜨렸다.

알리비나가 어떠한 여자이며 무엇 때문에 그녀가 찾아왔는지를 알고, 마음씨 착한 중령 부인은 그녀를 맞아들여 결혼할 때까지 자기 집에서 지내도록 했다.

마음씨 착한 육군 중령은 두 사람의 결혼 승낙을 상급 관청에서 겨우 받아 냈다. 오렌부르크에서 목사가 오고 미구르스키의 결혼식은 치러졌다. 대대장의 부인이 신부의 대모(代母)가 되었고 그가 가르치는 학생 중에서 한 아이가 성상을 받들고, 추방되어 온 폴란드인 보르조프스키가 신랑의 들러리가 되었다.

그 후 알리비나는 더욱 자기 남편을 열렬히 사랑했다. 그리고 이제야 비로소 그를 완전히 알게 되었다. 그녀가 정욕과 피를 가진 한 살아 있는 인간에게서 자기 상상 속에 간직해 왔고 키워 왔던 것 중에는 없었던 많은 비속하고 시적(詩的)이 아닌 여러 가지 성향들을 발견했다. 또한 그와 반대로 인간의 정욕과 피를 가진 사람이기 때문에 그에게서 그런 추상적인 것 속에는 없었던 많은 소박하고 훌륭한 점들도 발견했다.

그녀는 아는 사람들이나 친구들에게서 그가 전쟁에서 용감했다는 이야기를 들었으며, 재산과 자유를 잃었을 때 그의 대담성에 관해서 알고 있었으며, 언제나 고상한 생활을 하는 영웅으로서 그를 상상하고 있었다.

그러나 실제로는 당당한 체격과 용감성을 지니고 있다고는 하지만 극히 온화하고 겸손한 어린양이었다. 그는 또한 신선한 유머, 로잔카에 있을 때 그처럼 매혹됐던 황금빛 턱수염과 입수염으로 둘러싸인 그 감성적인 미소, 특시 임신 중에 그를 괴롭히고 싫어했던 담배 파이프를 가진 극히 소박하고 평범한 인간이었다.

미구르스키 역시 이제야 비로소 알리비나를 알았다. 그리고 알리비나에게서 처음으로 여자를 알았다. 결혼 전에 알았던 여자들에게서는 여성이라는 것을 느끼지 못했다. 그리고 다른 여자에게서와 같이 알리비나에게서 안 것은 그를 놀라게 했고, 그녀의 부드럽고 감사에 넘친 감정을 느끼지 못했다면 곧 일반적인 여자로서 환멸을 느꼈을 것이다. 일반적인 여성으로서의 알리비나에 대해서는 부드럽고 약간의 아이러니컬한 관용을 품었고, 알리비나로서의 그녀에게서는 부드러운 애정뿐만 아니라 커다란 환희와 자기에게 분에 넘치는 행복을 안겨 준 그녀의 희생에 대한 보상하지 못한 부채(負債) 의식까지도 느꼈던 것이다.

　미구르스키 부부는 더없는 애정으로 행복했다. 두 사람은 그들이 간직해 온 사랑을 상대방에게 쏟고, 낯선 사람들뿐인 이곳에서 더구나 한겨울에 길을 잃고 언 몸을 서로 녹여 주는 따뜻한 감정을 느끼고 행복했다. 미구르스키 부부의 행복한 생활에 언제나 헌신적인 태도로 도움을 주는 동거자, 아무런 악의도 없이 투덜거리기를 좋아하며 조금은 코믹하고 모든 남자들을 넋을 잃고 바라보는 유모 루드비카가 그들의 생활에 끼여 있었다.

　한 해가 지나자 사내아이가 태어났다. 다시 일년 반 뒤에는 여자아이가 태어났다. 사내아이는 어머니를 꼭 닮았다. 그 눈과 장난기와 우아함은 어머니와 꼭 같았다. 여자 아이는 건강하고 예뻤다. 미구르스키 부부는 자녀들을 보면서도 행복했다.

　불행한 것이라면 조국을 멀리 떠나 있다는 것과 본래의 자기들의 지위와 생활보다 거리가 먼 환경에 적응하지 못한 데서 오는 괴로움이었다. 특히 이 형편없는 대우 때문에 알리비나는 더욱 괴로워했다. 그녀의 유죠, 영웅이요 이상인 그가 모든 장교 앞에서 부동 자세를 취하고 총의 조작을 연습해야 했고 보초가 되어 모든 명령에 고분고분 복종해야 했다.

　그뿐만 아니라 폴란드에서 일어나는 소식들은 더없이 슬픈 것들이었다. 그것은 모든 일가친척과 벗들이 재산을 몰수당하고 혹은 국외로 추방되고 도피했다는 소식이었다. 미구르스키 부부에게는 이러한 현실이 언제 끝날지 짐작할 수가 없었다. 사면(赦免)을 받거나 현재의 처우를 개선하거나 또는 장교로 승진해 보려는 온갖 운동의 시도도 목적을 달성하지 못했다.

니콜라이 파블로비치는 열병(閱兵), 관병식(觀兵式) 연습을 끊임없이 거행하고 가면무도회에 나가 광대들과 놀기도 하고 추구예프에서 노보로시스크, 페테르스부르크, 모스크바로, 온 러시아를 말을 몰아 뛰어다니면서 국민들을 놀라게 하였다. 어떤 용기 있는 사람이 그에게 그가 항상 찬양하고 있는 조국에 대한 사랑 때문에 추방당하고 고통받는 12월, 당원들이나 폴란드인들의 형벌을 경감시켜 줄 것을 청원했을 때, 그는 가슴을 내밀면서 흐릿한 눈을 한군데 못박고 이렇게 말했다.

"그대로 두게."

마치 언제까지가 시기상조이며, 어느 시기가 적당한지를 다 아는 듯이 말했다. 이래서 모든 측근자 ─ 그 주위의 장군, 시종관, 또 이들의 부인들 ─ 는 누구나 그의 뛰어난 통찰력과 총명함에 감동하는 것이었다.

그러나 대체로 미구르스키의 생활에는 불행보다는 행복한 편이 많았다. 그들은 이렇게 하여 5년이란 세월을 보냈다. 그러나 돌연 뜻하지 않은 커다란 슬픔이 그들에게 닥쳤다. 먼저 여자 아이가, 이틀 뒤에는 사내아이가 병에 걸렸다. 사내아이는 사흘 동안 앓다가 의사의 도움도 받지 못하고 나흘째에는 죽고 말았다. 그 이틀 뒤에는 여자 아이도 죽어 버렸다.

  알리비나가 우랄 강에 투신 자살하지 않은 것은 자살의 소식을 들었을 때의 남편의 마음을 헤아리기가 너무나 두려웠기 때문이었다. 그러나 산다는 것이 그녀에게는 너무 괴로웠다. 전에는 그토록 부지런하고 명랑하던 그녀가 이제는 모든 가사를 루드비카에게 맡겨 버리고 몇 시간이고 무엇 하나 하지 않고 눈에 보이는 것을 멍하니 바라보고 앉아 있었다. 또한 갑자기 일어나 자기 방으로 뛰어들어가 남편과 루드비카의 위로에도 불구하고 고개를 저으며 제발 혼자 있게 해 달라고 애원하면서 조용히 울기 시작했다.

  여름이 되자 그녀는 어린애들의 무덤을 찾아가 어린애들이 살아 있을 때의 일과 만일 의사의 도움을 쉽게 받을 수 있는 도시에서 살았다면 어린것들이 이렇게 죽지 않았을 것이라는 생각으로 가슴을 쥐어짰다.

  '무엇 때문에, 무엇 때문에?' 하고 그녀는 생각했다.

  "유죠나 나도 우리들은 태어난 그대로 그의 부모나 조부모가 살았던 것처럼 살고, 나는 오직 그와 함께 살며 그를 사랑하고 자식들을 사랑하며 또 그들을 양육하며 살아가는 것 외에 어떤 것도 바라지 않고 있다. 그런데 남편은 조국에서 추방되어 이 고통을 당하고 있고, 나는 나대로 나에게 있어서 태양보다 더 귀한 것을 빼앗기고 말았다. 왜? 무엇 때문에? 무엇 때문에?"

  그녀는 이런 물음을 사람들에게나 신에게 들이댔다. 그러나 그녀는 그 어떤 대답의 가능성도 기대할 수 없었다. 하지만 그것에 대한 대답 없이는 생활이 존재하지 않았다. 그리하여 그녀의 생활은 멈추어졌다. 전에는 여성다운 취미와 우아하게 꾸밀 줄 알았던 처량한 추방 생활이 이제 그녀로서는 도저히 감당하기 어려운 것이었을 뿐만 아니라, 그녀를 위로하고 어떻게 하면 그 고통에서 구할 수 있을까 고민하는 미구르스키에게도 견디기 어려웠다.

미구르스키 부부에게 가장 괴로웠던 이 시기에 시베리아에서 폴란드의 신부 시로친스키의 주동에 의하여 일어난 폭동과 탈주 계획에 참여했던 폴란드인인 로소로프스키가 우랄리스크에 도착했다.

로소로프스키는 미구르스키와 마찬가지로 태어났을 때 그대로, 즉 폴란드인이 되고자 한 것 때문에 시베리아로 추방당한 수천의 사람들처럼 그 일에 참가하여 태형을 당하고 미구르스키가 있는 대대에 배속된 사람이었다. 전직 수학 교사인 로소로프스키는 양쪽 볼이 움푹 들어간 주름이 많은 이마에다 키가 훤칠하게 컸으며 등이 조금 굽은 깡마른 사내였다.

도착하던 첫날 저녁에 미구르스키 집에서 차를 마시면서 자연스럽고 침착한 목소리로 그 사건 때문에 받았던, 그리고 지금도 받고 있는 고통에 대하여 이야기했다. 그 사건은 이러했다.

신부 시로친스키는 시베리아 전체를 포함한 비밀 결사대를 조직했다. 그 목적은 카자흐 부대와 상비대에 소속되어 있는 폴란드인들의 도움으로 병사들과 유배되어 온 죄수들로 하여금 폭동을 일으키게 하고, 옴스크에 있는 포병대를 점령하여 모든 사람들을 해방시킨다는 것이었다.

"그런데 그것이 잘되었습니까?"

미구르스키는 물었다.

"잘되었고말고요. 모든 것이 다 준비되었으니까요."

로소로프스키는 침울하게 얼굴을 찌푸리면서 말했다. 그리고 차분한 음성으로 해방 계획의 전모와 성사를 위한 모든 수단과 또는 실패로 돌아갔을 때의 주동자들을 구출하기 위하여 마련된 모든 방법을 이야기했다. 두 놈의 배신자만 없었다면 성공은 확실한 것이었다. 로소로프스키의 말에 의하면 시로친스키는 천재적인 위대한 정신력의 소유자였다는 것이다. 그는 영웅답게 그리고 순교자로 명예롭게 죽은 것이다. 로소로프스키는 조용하고 한결같은 음성으로 그가 사령관의 명령에 의하여 모든 주동자들과 함께 거기 있어야만 했던 처형에 관한 이야기를 자세히 설명했다.

"그러니까 2개 대대의 병사들이 긴 통로처럼 두 줄로 서 있었고, 병사들 하나하나의 손에는 가느다란 회초리가 들려 있었는데 그 회초리는 총구에 꼭 세 개가 들어갈 수 있는 규격화된 것이었죠. 맨 먼저 의사 샤칼리스키가 끌려왔습니다. 두 병사가 그를 끌고 왔는데 회초리를 든 병사들은 그가 자기네 앞을 통과할 때에 발가벗겨진 등을 사정없이 내리치는 것입니다. 나는 그 사람의 얼굴을 내가 서 있는 곳에 다가왔을 때 비로소 보았습니다. 처음에는 북소리만 들렸으나 이윽고 회초리를 내리치는 소리와 등에 맞는 소리가 들려서 그가 다가오고 있다는 것을 알았습니다. 나는 두 병사가 총을 들고 그를 끌고가는 것을 보았습니다. 그는 부들부들 떨면서 고개를 좌우로 돌리면서 갔습니다. 나는 꼭 한 번 내 곁을 지나갈 때 러시아인 의사가 '너무 심하게 때리지 마십시오.' 하고 말하는 소리를 들었어요. 그러나 그들은 사정없이 내리치는 것이었습니다. 그가 내 곁을 두 번 지나갔을 때에는 이미 자기 발로 걷지 못하고 다만 끌려갔습니다. 그의 등은 너무나 참혹해 차마 볼 수가 없었습니다. 나는 눈을 감았습니다. 그는 결국 쓰러졌으며 실려 나갔습니다. 다음에 두 번째 사람이 끌려왔습니다. 그리고 세 번째 사람이, 또 네 번째 사람이 끌려온 거예요. 모두들 쓰러졌으며 어떤 사람은 겨우 살아서 들려 나갔습니다. 우리들은 모두 그것을 서서 지켜보고 있어야만 했습니다. 이 처형은 여섯 시간이나 계속되었습니다. 마지막으로 시로친스키 그 사람이 끌려왔습니다. 나는 오랫동안 그를 보지 못했기 때문에 그는 몰라볼 만큼 늙었더군요. 주름투성이였으나 면도를 한 그의 얼굴은 파리했습니다. 발가벗은 몸뚱이는 말랐고 갈비뼈만 앙상하게 드러났습니다. 그 역시 다른 사람들과 마찬가지로 한 대 맞을 때마다 몸을 떨고 머리를 흔들면서 걸었지만, 신음 소리 한 번 내지 않고 소리 높이 기도하고 있었습니다. '주여, 나를 불쌍히 여겨 주십시오. 당신의 자비로…….' 나는 내 귀로 그것을 들었습니다."

로소로프스키는 목이 쉰 소리로 말했다. 창가에 앉아 있던 루드비카는 손수건으로 얼굴을 가리고 흐느껴 울었다.

"당신은 어떻게 그런 이야기를 하십니까? 짐승 같은 놈들, 개 같은 놈들!"

미구르스키는 그렇게 외치면서 파이프를 내던지고 의자에서 벌떡 일어나 빠른 걸음으로 어두운 침실로 가 버렸다. 알리비나는 마치 돌부처처럼 꼼짝도 않고 한쪽 구석에 눈길을 주고 앉아 있었다.

다음날, 미구르스키는 아이들을 가르치고 집에 돌아와서 아내의 모습에 깜짝 놀랐다. 그녀는 옛날처럼 쾌활하고 즐거운 모습으로 남편을 안방으로 데리고 갔다.

"저 유죠, 좀 들어 봐요."

"무슨 말이오. 뭐요?"

"나는 어젯밤 내내 로소로프스키가 이야기한 것을 생각해 봤어요. 그래서 이렇게 결심했어요. 나는 이렇게는 살 수 없다. 여기서는 살 수 없다고. 더 참을 수 없어요! 차라리 죽었으면 죽었지 이런 곳에서 더 이상 살지 못하겠어요."

"그럼 어떻게 하면 좋지?"

"도망가는 거예요."

"도망가자고? 어떻게?"

"거기에 대해 궁리를 했어요. 들어 보세요."

그녀는 이렇게 말하고 어젯밤에 궁리한 계획을 남편에게 이야기했다. 그 계획이란 이러했다.

미구르스키가 저녁에 집을 나가 우랄 강 언덕에 자기 외투를 벗어 놓고, 그 외투에는 자살한다는 서신을 남겨 둔다. 그러면 사람들은 그가 자살한 것으로 생각할 것이다. 그리고 시체를 수색할 것이며 이이서 상부로 보고가 올라갈 것이다. 그녀는 아무에게도 발각되지 않게 그를 숨긴다. 한 달쯤은 숨어 살 수 있을 것이다. 그리하여 모든 것이 잠잠해졌을 때 계획대로 그들은 달아난다.

미구르스키는 그녀의 계획을 처음 들었을 때에는 실행 가능성이 없는 것으로 생각되었다. 그러나 그날 밤 그녀가 아주 적극적으로 확신을 가지고 설복하는 바람에 그는 결국 찬동하게 되었다. 그가 찬동한 이유는 만일 탈출에 실패했을 경우에는 로소로프스키가 이야기했던 일이 미구르스키에게 닥칠 것이고, 성공한다면 그녀를 자유의 몸으로 해방시켜 주는 결과를 가져올 것이다. 어린애들이 죽은 후에 이곳의 생활이 그녀에게 얼마나 고통스러웠던가를 알고 있었기 때문이었다.

로소로프스키와 루드비카에게도 이 계획을 알렸다. 오랜 상의와 변경과 수정을 거쳐 탈출 계획을 짰다. 처음에는 이렇게 실행하려고 했다. 즉, 미구르스키가 자살한 것으로 꾸민 뒤 혼자 걸어서 도망간다. 그러면 알리비나는 마차를 타고 약속된 장소에서 그를 만난다는 것이었다. 그러나 로소로프스키의 이야기에 의하면 최근 5년 동안에 시베리아에서 탈출하려다 실패한 이야기를 들었는데, 그 많은 탈출

시도에서 성공한 예는 꼭 한 사람뿐이었다는 것이다.

그러나 알리비나는 다른 계획 즉, 유죠가 마차에 숨어 그녀와 루드 비카와 함께 사라토프까지 간다는 계획이었다. 사라토프에 도착한 그는 옷을 갈아입고 볼가 강을 따라 아스트라한까지, 그리고 카스피 해를 거쳐 페르시아로 항해한다는 것이었다. 이 계획에는 로소로프 스키도 동의했다. 그러나 마차 속에 관헌의 주의를 끌지 않고 사람 하나를 숨길 수 있는 장소를 어떻게 만드느냐는 것이 난제였다.

어느 날, 알리비나가 어린아이들의 무덤을 다녀와서는 낯선 땅에 어린애들의 뼈를 두고 간다는 것이 여간 가슴 아픈 일이 아니라고 로 소로프스키에게 말했다. 그는 잠시 생각을 하더니 이렇게 말했다.

"당국에 어린애들의 관을 가지고 돌아가고 싶다는 허가를 신청해 보십시오. 반드시 허가를 받을 것입니다."

"아니에요, 싫어요. 나는 그런 일은 못해요."

알리비나는 거부했다.

"그렇게 해보세요. 거기에 모든 해결점이 들어 있습니다. 관을 구 하는 것이 아니라 관 대신 큼직한 궤짝을 짜서 그 속에 유죠를 숨기 는 거예요."

처음에는 알리비나가 거절했다. 그녀로서는 어린애들에 대한 회상 에 이런 위험한 일과 관련되는 것이 꺼림칙했기 때문이었다. 그러나 미구르스키가 이 계획에 기꺼이 동의하자 그녀도 찬성했다. 그리하 여 최종적으로 확정된 안은 다음과 같은 것이었다.

미구르스키는 그가 투신 자살한 것으로 당국에서 믿도록 완벽한 행동을 한다. 그의 죽음이 인정되었을 때 알리비나는 남편이 죽은 뒤 고국으로 돌아가기로 하고, 어린애들의 뼈를 가지고 가려는 결심을 당국에 신청한다. 이 허가가 떨어졌을 때 무덤을 파고 관을 입수한 것처럼 한다. 그러나 관은 그 자리에 두고 준비해 놓은 궤짝에 미구르스키가 들어간다. 궤짝은 마차 속에 실리고 그대로 사라토프까지 간다. 사라토프에서 그는 배를 탄다. 배를 타면 유죠는 궤짝에서 나온다. 그리하여 그들은 카스피 해까지 배를 타고 간다. 거기에서는 페르시아로 가든지 터키로 가든지 그것은 자유이다.

먼저 미구르스키 부부는 루드비카를 고국으로 돌려보낸다는 이유로 여행 마차를 샀다. 다음에 마차 속에다 사람 하나가 들어가 있어도 질식하지 않고 비록 몸을 웅크리기는 해도 누울 수 있는, 그리고 쉽게 의심이 가지 않을 정도의 빠른 동작으로 출입할 수 있는 궤짝을 만들기 시작했다. 특히 훌륭한 손재주를 가진 로소로프스키의 도움이 컸다. 그리하여 궤짝은 완성되었다.

그 궤짝은 마차 뒤쪽에 설치되었고 차체와 맞붙은 밀접한 면의 칸막이를 움직이면 안에 든 사람이 마차 밑으로 몸의 일부를 누일 수 있도록 만들었다. 그뿐만 아니라 궤짝 속에는 공기가 통하도록 구멍을 뚫고, 그 윗면과 측면은 초석을 덮어 새끼로 묶어야 했다. 거기서의 출입은 마차 안의 좌석 밑으로 통해서 할 수 있게 했다.

여행 마차와 궤짝이 마련되자 이번에는 아직 남편이 실종되기 전에 알리비나는 당국에 대비할 생각에서 육군 중령을 찾아가 남편이 요즈음 우울증에 빠져 자살을 기도하였다며 자기의 남편이 걱정되니 당분간 그에게 휴가를 좀 주었으면 좋겠다고 건의했다. 그녀의 외교 수완은 이런 때 큰 도움을 주었다. 그녀에 의해서 연출된 불안과 남편에 대한 걱정은 육군 중령을 감동시켜 가능한 한 허락하겠다는 약속을 자연스럽게 받아 냈다. 뒤이어 미구르스키는 볼가 강의 언덕에 벗어 놓은 자기 외투에서 발견될 편지를 작성했다.

그리고 약속된 날 저녁에 우랄 강으로 나가 어두워지기를 기다렸다가 강 언덕에 편지가 든 외투를 벗어 놓고 아무도 모르게 집으로 돌아왔다. 자물쇠가 잠긴 천장방 위에 그를 위한 장소가 준비되어 있었다. 밤이 깊어지기를 기다렸다가 알리비나는 루드비카를 육군 중령에게 보내 남편이 약 스무 시간 전쯤 집을 나간 뒤 돌아오지 않는다고 알렸다.

아침에 그녀에게는 남편의 편지가 전달되었다. 그녀는 아주 절망적인 모습으로 눈물을 흘리면서 그것을 가지고 육군 중령에게로 갔다. 일주일 뒤 알리비나는 고국으로 떠나겠다는 청원을 냈다. 미구르스키의 부인에 의해서 표현된 슬픔은 그녀를 지켜본 모든 사람들을 감동시켰다. 모든 사람들은 불행한 어머니이자 가련한 아내인 그녀를 불쌍하게 여겼다. 그녀의 출발이 허락되었을 때 그녀는 어린애들의 시체도 가지고 가겠다며 당국에 허락을 청원했다. 당국은 그녀의 감정적인 모정에 매우 감탄하며 기꺼이 허락했다.

이 허가를 받은 다음날 저녁에 로소로프스키는 알리비나와 루드비카와 함께 세를 낸 수레에 어린애들이 들어갈 궤짝을 싣고 묘지로 갔다. 알리비나는 어린애들의 무덤 옆에 무릎을 꿇고 기도를 하다가 일어나 눈물을 닦으며 로소로프스키에게 가서 말했다.

"당신이 해주세요. 저는 못하겠어요."

알리비나는 옆으로 비켜섰다. 로소로프스키와 루드비카는 묘석을 옮기고 삽으로 무덤의 윗부분을 파헤쳐 시체를 들어낸 것처럼 보이게 했다. 모든 것이 끝나자 그들은 알리비나를 불러 흙이 채워진 궤짝과 함께 집으로 돌아왔다.

출발일이 다가왔다. 로소로프스키는 계획이 거의 성공적으로 끝마쳐진 것을 기뻐했다. 루드비카는 도중에 먹을 것을 만들면서 그녀가 좋아하는 격언을 중얼거리며 두려움과 기쁨으로 심장이 터질 것만 같다고 말했다. 미구르스키는 자기가 한 달 이상이나 숨어 있던 천장에서 풀려 나온 것과 알리비나가 활기를 되찾은 것 그리고 그녀의 낙천성에 기뻐했다. 그녀는 예전의 모든 슬픔과 탈출의 온갖 위험을 잊어버리기라도 한 것처럼 처녀 시절의 그 모습 그대로 억누를 수 없는 기쁨으로 빛나고 있었다.

새벽 3시경, 호송을 맡은 카자흐 한 사람이 세 마리의 말과 마부를 데리고 찾아왔다. 알리비나는 루드비카와 함께 기르던 강아지를 데리고 융단으로 덮인 여행 마차의 좌석에 앉았다. 카자흐와 마부는 마부석에 앉았다. 농부 옷으로 갈아입은 미구르스키는 마차에 실린 궤짝 속에 누워 있었다.

그들은 시가지를 빠져나왔다. 당당한 세 필의 말은 해를 지난 수염가래꽃 풀이 무성한, 쟁기질이 되지 않은 끝없는 들판 가운데로 돌처럼 다져진 길을 따라 여행 마차를 끌고 갔다.

알리비나의 심장은 벅찬 희망과 기쁨으로 멎을 것만 같았다. 그 기분을 나누어 갖고 싶은 마음에 가끔 미소를 지으면서 루드비카를 향해서 고갯짓으로 마부석에 앉아 있는 카자흐의 넓은 등을 가리키기도 하고 마차 밑바닥을 가리키기도 했다. 정색을 하고 있는 루드비카는 꼼짝도 하지 않고 앞만 바라보며 약간 입술을 움직일 뿐이었다.

날씨는 맑고 맑았다. 사방은 끝없이 넓었으며 아침 햇살을 담은 은빛 수염가래꽃 풀은 멀리까지 펴져 있었다. 다만 아스팔트 길에서처럼 바슈키르인들의 말에 단 쇠 말발굽 소리가 울퉁불퉁한 도로 양 옆에서 들려 오고 있었다. 그리고 흙으로 덮인 시베리아 모르모트(기니피그) 언덕이 보였다. 거기에는 작은 동물이 망을 보고 있다가 위험이 닥칠 때는 위험을 알리는 날카로운 소리를 내고 구멍 속으로 재빨리 숨어 버리곤 했다.

가는 도중에 혹 나그네들을 만나면 — 밀을 운반하는 카자흐 사람들의 짐수레 행렬과 말을 탄 바슈키르인들을 만났는데 — 우리 마차를 끌고 가는 카자흐는 타타르 언어로 말을 주고받았다. 어느 역(驛)의 말들은 생기가 있고 포동포동 살이 쪄 있다고 알려 주기도 했다. 알리비나가 건네주는 술값은 마부들로 하여금 그들이 말하고 있는 전령(傳令)처럼 쏜살같이 앞길을 달리게 하는 구실을 했다.

처음 당도한 역에서 먼저 마부는 자기 말을 끌고 돌아갔고, 새 마부는 아직 말을 끌고 오지 않아서 카자흐가 밖으로 나갔을 때 알리비나는 허리를 굽혀 남편에게 물었다.

"기분이 어떠세요. 무엇이 필요해요?"

"아주 좋아요. 아무것도 필요한 것 없어요. 이 정도라면 이틀 밤낮은 편히 갈 수 있어."

해질 무렵에 보르가치의 큰 마을에 도착했다. 남편의 몸을 좀 펴게 하고 활기를 되찾게 하기 위하여 알리비나는 마차를 역에 세우지 않고 여관 앞에 세웠다. 그리고 카자흐에게 돈을 주어 달걀과 우유를 사다 달라고 심부름을 보냈다. 여행 마차는 처마 밑에 세워져 밖은 컴컴했다. 루드비카에게 카자흐를 망보게 하고 알리비나는 남편에게 먹을 것을 주었다. 그리고 카자흐가 돌아오기 전에 마차 밑의 비밀 장소로 다시 들어갔다. 이곳에서 다시 말들을 바꾸어 여행을 계속했다.

알리비나는 점점 마음이 흥분되는 것을 느꼈다. 그녀는 자기의 기쁨과 끓어오르는 감정을 억제할 수 없었다. 그녀에게는 루드비카와 카자흐 그리고 강아지 트래조르카 외에는 이야기할 상대가 없었다. 그녀는 그들에게서 위안을 얻었다.

루드비카는 못난 얼굴에도 불구하고 모든 사내들이 자기에게 관심을 보이는 것은 아닌가 하고 의심해 왔는데, 지금은 밝고 선량한 푸른 눈을 가진 건장하고 마음씨 좋은 카자흐에게 연심을 품고 있었다. 카자흐는 두 여인을 호송하고 있었고 자기의 정직함과 소박함으로 두 여인에게 유쾌함을 주고 있었다.

알리비나는 좌석 밑을 냄새 맡지 않도록 강아지 트래조르카를 달래고, 루드비카와 그녀가 보이는 희극적 교태, 또 자기에게로 돌려지고 있는 눈치를 의심하지 않고 있는 카자흐와는 코믹한 교태에서 위안을 찾고 있었다. 위험하지만 얼마 있으면 성공되는 일, 훌륭한 날씨와 초원의 신선한 공기로 잔뜩 흥분되어 있는 알리비나는 그녀가 오랫동안 경험해 보지 못한 어린애 같은 기쁨과 즐거움을 맛보았다.

미구르스키도 그녀의 명랑한 말소리를 들으며 자기의 육체적 고통(더위에 의한 갈증에 고통을 느꼈다.)에도 불구하고 자기에 대해서는 잊어버리고 그녀가 기뻐하는 것에 그도 같이 기뻐했다.

이틀째의 해질 무렵에 안개 속에서 무엇인가가 보이기 시작했다. 그것은 사라토프 시(市)와 볼가 강이었다. 카자흐는 초원 생활의 익숙한 경험에 의하여 그것이 볼가 강의 등대이며 그 등대가 보인다고 루드비카에게 가리켰다. 루드비카는 자기도 보인다고 말했다. 그러나 알리비나는 아무것도 보이지 않았다. 그렇지만 일부러 남편이 알아듣도록 큰 소리로 이렇게 말했다.

"사라토프 시와 볼가 강이에요!"

마치 트래조르카와 이야기하듯 알리비나는 자기가 본 모든 것을 남편이 듣도록 하였다.

사라토프 시까지 들어가지 않고 알리비나는 볼가 강 왼쪽의 시내 맞은편에 있는 포크로프스카야 마을에 여행 마차를 세웠다. 이곳에서 밤에 남편과 상의하여 일이 잘되면 궤짝에서 나오게 하려고 했다.

그러나 카자흐는 짧은 봄밤을 마차에서 떠나지 않고 처마 밑에 세워진 빈 수레 안에서 지새우는 것이었다. 루드비카는 알리비나의 지시대로 마차 안에 앉아 있었다. 그리고 카자흐가 자기 때문에 웃음을 띤다는 생각에 자기의 주근깨 얼굴을 손수건으로 가렸다. 그러나 알리비나는 카자흐가 무엇 때문에 마차에서 떠나지 않고 저렇게 붙어 있는지 점점 불안해지기 시작했다.

5월의 희뿌연 짧은 밤에 알리비나는 여관방에서 몇 번이나 나와 불쾌한 냄새가 나는 복도를 지나 뒤쪽의 층계로 나갔다. 카자흐는 여전히 자지 않고 여행 마차 옆의 빈 수레에 발을 뻗고 앉아 있었다.

날이 밝아 옴을 알리는 수탉의 울음소리가 마당에서 들려 왔을 때 알리비나는 아래로 내려가 남편과 이야기를 나눌 수 있었다. 카자흐는 빈 수레에서 발을 쭉 뻗고 코를 골며 자고 있었다. 그녀는 마차 옆으로 조심스럽게 다가가 궤짝을 두드렸다.

"유죠!"

대답이 없었다.

"유죠! 유죠!"

그녀는 놀라 큰 소리로 불렀다.

"왜 그래요? 여보! 뭐야!"

조는 듯한 음성이 궤짝 속에서 들려 왔다.

"왜 대답이 없어요?"

"잠깐 잠이 들었어."

그녀는 목소리의 울림으로 미루어 보아 그가 미소를 짓고 있다는 것을 알았다.

"나가는 거야?"

"안 돼요. 여기 카자흐가 있어요."

이렇게 말하고 그녀는 수레에서 자고 있는 카자흐를 돌아보았다. 그 순간 깜짝 놀랐다. 카자흐는 코를 골고 있었는데 그의 눈, 그 선량한 눈을 뜨고 있었다. 그리고 그녀를 보고 있었으며, 그녀와 시선이 마주치자 눈을 감아 버렸다.

'이것은 내가 너무 긴장해서 그렇게 보였던 것뿐일까, 아니면 정말 그가 자지 않고 있었던 것일까?'

알리비나는 자문했다.

'아마 그렇게 보였던 것이겠지.'

그녀는 다시 궤짝으로 몸을 돌렸다.

"조금만 더 참으세요. 무얼 먹고 싶으세요?"

"아니. 담배가 피우고 싶어."

알리비나는 다시 카자흐를 돌아보았다. 그는 자고 있었다.

'그래, 그것은 나에게 그렇게 보였던 것이 분명해.'

그녀는 대수롭지 않게 생각했다.

"나는 지금 지사(知事)에게 다녀와야겠어요."

"그럼 잘 다녀와요."

알리비나는 가방에서 옷을 꺼내 갈아입으려고 여관으로 갔다. 깨끗한 상복(喪服)으로 갈아입고 알리비나는 볼가 강을 건너 마차를 타고 지사에게로 갔다. 지사는 그녀를 맞아들였다. 미인이며, 애교 있는 미소를 지으며 유창하게 프랑스 말을 하는 이 폴란드 미망인이 젊음을 좋아하는 노지사의 마음에 들었다. 그는 그녀에게 모든 것을 허락하고 내일 다시 시장에게 보내는 자기의 명령서를 받으러 오라고 말했다.

지사가 보여 준 호의에 자기의 매력이 주요했다는 것을 매우 기뻐하면서 알리비나는 행복하고 희망에 부풀어 산기슭의 한적한 길을 따라 마차를 타고 부두로 돌아왔다.

아침 해는 벌써 숲 위 상공에 떠올라 햇살은 거대한 흐름의 잔물결이 일고 있는 물위에서 춤추고 있었다. 산 왼편과 오른편으로 흰 구름처럼 향기로운 꽃으로 뒤덮인 사과나무가 보였다. 강가에는 돛대가 숲처럼 보였으며 돛이 미풍에 펄럭이면서 잔물결 위에 희끗희끗하게 보였다.

알리비나는 부두에서 아스트라한까지 갈 배를 세낼 수 있겠느냐고 물었더니 옆에서 듣고 있던 수다스럽고 쾌활한 사공들이 서로 자기의 배를 이용해 달라고 제의했다. 그녀는 사공들 중에서 마음에 드는 사람과 약속을 하고 빽빽이 들어찬 배들 중에서 그 사람의 배를 보러 갔다.

　그 배에는 돛대 하나가 세워져 있어서 바람을 이용하여 갈 수가 있었다. 바람이 없을 때에는 노를 저을 수 있는 건장한 두 사람이 있었다. 명랑하고 마음씨 좋은 뱃사공은 여행 마차도 남겨 두지 말고 바퀴만 떼어 배에 실으라고 충고해 주었다.

　"실어만 놓으면 손님도 편히 앉아 가게 될 거예요. 날씨만 좋으면 닷새면 충분히 아스트라한까지는 당도할 수 있지요."

　알리비나는 뱃사공과 약속을 끝내고 그에게 포크로프스카야 마을의 로기노프 여관으로 마차도 보고 계약금도 받으러 찾아오라고 일렀다. 만사는 그녀가 생각했던 것보다 수월하게 진행되어 갔다. 더없는 행복감으로 알리비나는 볼가 강을 건넜다. 그리고 마부에게 삯을 주고 여관으로 향했다.

　카자흐의 이름은 다닐로 리파노프로, 스이르트의 스텔벨레츠키우 묘트 출신이었다. 그는 서른네 살이었으며, 카자흐 근무 연한의 마지막 달을 맞이하고 있었다. 그의 가족으로는 아직도 푸카초프를 기억하고 있는 아흔네 살의 할아버지와 두 동생, 옛 신앙(信仰) 때문에 시베리아로 유형간 형수, 또 자기의 아내와 두 딸, 두 아들을 두고 있었다. 그의 아버지는 프랑스인들과의 전쟁에서 돌아가셨다. 그는 집안의 가장이었다. 그의 집에서는 열여섯 마리의 말과 두 마리의 소를 가지고 있었고, 또 자기 마음대로 경작할 수 있는 15정보 정도의 땅을 소유하고 있었으며 거기다 밀을 경작하였다.

다닐로는 오렌부르크, 카잔에서 근무했었고 지금은 근무 연한이 끝나려는 참이었다. 그는 옛 신앙을 굳게 믿고 있었고 담배나 술도 하지 않았으며 세상 사람들과는 식사도 한 적이 없었고, 한번 맹세한 것은 어떠한 일이 있어도 지키는 철두철미한 성격이었다. 자기가 맡은 일은 실수 없이 정확하게 수행하고 상관으로부터 임무가 부여되면 그는 총력을 기울여 완수하고, 자기 권한 내의 사명감을 한순간도 잊지 않고 끝까지 실천하였다.

지금 그는 사라토프까지 두 여인과 어린애의 관을 호송하는 일에 있어서 도중에 실수가 없도록 또 무사하도록 그리고 사라토프에서는 관례에 따라 관헌에게 인도하도록 명령을 받고 있었다. 그래서 그는 두 여인과 어린애의 관 그리고 강아지까지 데리고 온 것이다. 여자들은 비록 타국 폴란드 연인들이기는 하나 상냥하고 좋은 사람들이었으므로 상식에 어긋나는 일은 전혀 없었다.

그런데 여기서 즉, 포크로프스카야 마을에서 저녁때 마차 옆을 지나가는데 강아지가 마차 안으로 뛰어들어가 거기서 꼬리를 흔들며 끙끙거리는 것을 보았다. 그리고 마차 밑에서 무슨 소리가 들리는 것 같았다. 폴란드 여자 중 한 사람이 마차 안의 강아지를 보자 기겁을 하며 강아지를 끌어내 갔다.

'저기에 무엇인가 있군.'

카자흐는 그것을 살피기 시작했다. 젊은 폴란드 여자가 이른 새벽에 여행 마차 옆에 나왔을 때 그는 자는 척하며 궤짝에서 남자 목소리가 나는 것을 똑똑히 들었다. 그리고 아침 일찍 그는 경찰서로 찾아가 자기가 맡은 폴란드 여인들이 무엇인가 수상한 일을 벌이고 있으며 궤짝 속에 어린애 시체 대신 어떤 산 사람을 운반하고 있다고 신고했다.

알리비나는 어쩔 줄 모르는 기쁨과 즐거운 마음으로 이제는 모든 것이 끝나 며칠 뒤면 자유의 몸이 될 것을 확신하고 여관으로 왔을 때 그녀는 놀라움과 함께 대문에 두 필의 말과 두 카자흐가 서 있는 것을 보았다. 문간에서는 마당을 들여다보는 사람들이 몰려 있었다.

그녀는 희망과 기쁨으로 넘쳐 있어서 한 쌍의 말과 몰려와 있는 군중들이 자기와 관련이 있으리라고는 미처 생각지 못했다. 그녀는 마당으로 들어서는 순간, 자기들의 마차가 서 있던 처마 밑을 힐끗 쳐다보고 나서야 군중이 자기들의 마차에 몰려 있는 것과 강아지 트래조르카가 절망적으로 짖고 있는 것을 들었다. 일어날 수 있는 가장 두려운 일이 일어났던 것이다.

여행 마차 앞에는 햇빛에 반짝이는 단추와 견장이 붙은 깨끗한 제복과 윤이 나는 장화를 신은 검은 구레나룻의 의젓한 사내가 서서 무엇인가를 목이 쉰 소리로 명령하고 있었다. 그의 앞에 서 있는 두 병사 사이에 머리가 헝클어지고 지푸라기가 붙은 농사꾼 옷을 입고 서 있는 유죠가 보였다. 그는 자기 주위에서 일어나고 있는 일이 아무래도 납득이 가지 않는 듯한 태도로 어깨를 올렸다 내렸다 하고 있었다.

강아지는 자기가 모든 불행의 원인이라는 것도 모르고 서장을 향해서 앙칼지게 짖어 대었다. 알리비나를 보자 미구르스키는 몸을 부르르 떨면서 그녀에게로 가려다가 병사들에게 제지를 당했다.

"아무것도 아니야. 알리비나, 아무것도!"

미구르스키는 온화한 미소를 보냈다.

"아, 바로 아주머니시군요! 이리 오십시오. 이것이 당신의 아이들 관입니까?"

경찰서장은 미구르스키를 향해 눈짓으로 가리키며 말했다.

알리비나는 대답을 하지 않고 그저 가슴을 움켜잡고 입을 벌린 채 공포에 질려 남편의 얼굴만 바라보았다. 이러한 일은 죽음 직전과 대체로 인생에 있어서 결정적인 순간에 흔히 있는 일인 것처럼 그녀는 일순간에 모든 공포의 감정들을 경험했던 것이다.

그러나 아직 자기의 불행을 알지도 믿을 수도 없었다. 그녀가 느낀 첫 번째의 감정은 오랫동안 익숙해져 있던 감정 즉, 지금 남편을 자기들의 손아귀에 넣고 난폭하고 거칠게 다루고 있는 그들 앞에서 모욕을 당하고 있는 그녀의 영웅인 남편을 볼 때 능욕을 당한 오만의 감정이었다.

'어떻게 저들이 모든 사람들 중에서 가장 훌륭한 내 남편을 잡을 수 있는가?' 이런 감정과 동시에 일어난 것은 불행의 의식이었다. 불행의 의식은 그녀의 생애에 있어서 최대의 불행 즉, 어린애들의 죽음에 대한 회상을 불러일으켰다. 그러자 지금 '무엇 때문에 자식들을

빼앗겼는가? 라는 의혹이 생겼다. '무엇 때문에 자식들을 빼앗겼는
가' 하는 문제는 다시 '무엇 때문에 지금 모든 사람보다 훌륭한 사람
인 내 남편이 파멸되고 고통을 받아야 하는가?' 하는 의혹을 불러일
으켰다. 그리고 그녀는 그를 기다리고 있는 치욕적인 형벌이 자기 한
사람에게 원인이 있다는 생각을 했다.

"저 사람은 당신과 어떤 사입니까? 당신의 남편인가요?"

경찰서장은 되풀이해서 물었다.

"무엇 때문에? 무엇 때문에?"

그녀는 갑자기 외쳤다.

그리고 히스테릭한 웃음을 웃기 시작하더니 마차에서 떼어낸 궤짝
위에 쓰러졌다. 눈물로 온 얼굴을 적신 루드비카가 몸을 떨면서 그녀
에게로 다가왔다.

"마님, 가련한 마님! 하나님께서 구해 주실 것입니다. 별일 있을라
고요. 괜찮을 거예요."

그녀는 알리비나의 손을 만지며 말했다.

미구르스키에게 수갑이 채워지고 마당에서 끌려 나갔다. 그것을
보자 알리비나는 뒤따라 쫓아갔다.

"용서해 주세요. 나를 용서해 주세요! 모든 것은 다 내 잘못이에요!
나 한 사람 잘못이에요."

"누구의 잘못인지는 조사하면 다 밝혀져요. 물론 당신에게도 잘못
이 있겠지요."

경찰서장은 이렇게 말하고 그녀를 한 손으로 밀어젖혔다. 미구르스키는 부두로 끌려갔다. 알리비나는 자기가 무슨 짓을 하고 있는지조차 모른 채 미구르스키 뒤를 따라갔다. 그녀를 위로하는 사람들의 말은 들리지도 않았다.

카자흐 다닐로 리파노프는 그동안 줄곧 마차 옆에 서서 침울한 표정으로 경찰서장과 알리비나를 번갈아 쳐다보며 서 있었다. 미구르스키가 끌려갔을 때 혼자 남은 강아지 트래조르카가 꼬리를 흔들며 그에게 매달렸다. 강아지는 여행을 하는 동안 그와 친하게 되었다. 카자흐는 마차에서 멀찌감치 물러서자 갑자기 모자를 벗어 땅바닥에다 힘껏 팽개쳤다. 그리고 강아지를 발로 걷어차고 음식점을 찾아 들어갔다. 자기에게 있는 돈과 옷가지를 내고 음식점에 있는 술을 몽땅 마셔 버렸다. 그리고 다음날 밤이 되어 겨우 도랑 속에서 잠이 깨었을 때 비로소 자기를 집요하게 괴롭혔던 문제, 궤짝 속에 폴란드인이 숨어 있다는 것을 신고한 것이 과연 잘한 것일까 하는 생각을 더 이상 하지 않기로 했다.

미구르스키는 재판을 받고 도주한 대가로 병사들에 의한 1000대의 태형을 선고받았다. 그러나 페테르스부르크에 사는 일가 친척들과 반다가 그의 감형을 위하여 동분서주하며 진정서를 낸 끝에 그는 결국 시베리아로 추방당해 거기서 영주(永住)하게 되었다. 알리비나도 그를 따라 떠났다.

니콜라이 파블로비치는 폴란드뿐만이 아니라 전 유럽에서까지 혁명의 봉기를 짓밟아 버린 것에 대해 기뻐하고 있었다. 그리고 러시아 전제정치의 법을 위반하지 않고 러시아 국민의 행복을 위해서 폴란 드를 러시아의 권력으로 장악할 수 있게 됨을 자랑스러워했다.

또 그에게서 훈장과 금빛으로 빛나는 제복을 하사받은 무리들이 그를 찬양했기 때문에 자기는 아주 위대한 인간이며, 자기가 하는 일 이 인류에게, 특히 그들이 무의식중에 그들을 타락과 우매함으로 몰 아넣는 데 온 힘을 기울인 러시아 사람들에게 위대한 행복이 되고 있 다고 믿고 있었다.

작가와 작품 해설

톨스토이의 생애와 작품 세계

레프 톨스토이는 19세기 러시아의 작가이자 사상가로 군림하기까지 유년 시절부터 불운을 겪어야 했다. 1828년에 명문 백작의 넷째 아들로 출생했지만, 2세 때 어머니가 사망하고, 9세 때 아버지가 사망함으로써 그는 숙모의 품에서 성장하였다. 그러나 13세 때 부모나 다름없는 숙모마저도 세상을 떠남으로써 그는 다시 고모의 품에서 성장을 하였다.

1844년인 16세에 카잔 대학 아랍 터키어문학과에 입학하나, 그 이듬해에 법과대학으로 전과하여 루소의 저술에 심취했다. 그러나 대학 생활에 실망을 느껴 중퇴한 후 고향으로 돌아와 농민 생활의 개선

등에 힘쓰지만 실패하고 말았다.

1851년인 23세에 형의 권유로 사관후보생이 되어 군에 입대한 그는 처녀작 『유년 시절』을 익명으로 발표하여 문단의 시선을 끌었다. 이때부터 본격적인 작품 활동을 시작하게 되는데, 24세 때 그 유명한 『카자흐 사람들』을 기고했다.

1861년인 33세 때에 파리에서 투르게네프와 만나게 되는데, 당시 리얼리즘의 대가였던 투르게네프와의 만남은 그의 작품에 많은 영향을 미쳤다. 그가 34세 되던 해에 궁정의인 베르스의 딸과 결혼하였는데 그녀의 나이는 18세였다.

그 이듬해에는 『카자흐 사람들』을 발표했다. 로맹 롤랑은 이 작품을 "톨스토이가 쓴 것 가운데서도 가장 뛰어난 서정적인 소설의 하나이자, 청춘의 노래이며, 카프카스의 시이다."라고 일컬었고, 투르게네프는 "러시아 어로 쓰인 가장 아름다운 이야기이다."라고 찬사를 아끼지 않았다.

1864년에는 나폴레옹의 모스크바 침입을 배경으로 한 『전쟁과 평화』를 구상하여 기고하였다. 이 작품은 나폴레옹 전쟁 직전부터 나폴레옹 전쟁 등 자유주의적 사회 기운이 팽배하기 시작한 시기의 15년 동안에 걸친 러시아 역사의 중요한 시기를 재현한 것이다. 로맹 롤랑은 이 작품을 "19세기 전 소설계에 군림하는 거대한 기념탑이다."라고 찬사하기도 하였는데, 이 작품은 오늘날까지 톨스토이의 대표작으로 손꼽히고 있다.

1875년 그의 나이 47세 때 그의 최대의 걸작인 『안나 카레니나』를 《러시아 통보》에 발표하기 시작하여 1877년에 완성하였다. 도스토예프스키는 이 작품에 대하여 "『안나 카레니나』는 으뜸가는 예술 작품으로서 꼭 알맞게 구성된 완전 무결한 것이며, 현대 유럽 문학 가운데 견줄 것이 없을 만큼 특출한 걸작이다."라고 극찬하였다.

　톨스토이는 이 작품에서 우연히 모아 맞춘 듯한 개인의 한 일단의 생활을 그 가정 내의 온갖 부조리와 함께 우리들 앞에 제시하면서, 개인의 인간성의 충실함이 전체적인 조화를 이룸을 보여 주고 있다.

　1882년 모스크바 빈민굴을 돌아본 후, 그는 종교·윤리적 문제에 대한 사상을 사회 제도로까지 확대, 사유재산을 부정하게 되었고, 이 때부터 부인과 자주 불화를 일으켰다.

　그는 러시아 국교가 아닌 성령부정파 교도와 친교하면서 미주할 비용 마련을 위해 작품 『부활』에 심혈을 기울였다. 그는 이 작품을 1889년에 시작하여 몇 번인가 중단했다가, 약 10년 뒤인 『안나 카레니나』를 발표한 지 20년 만인 1899년에 그의 대작을 완성하였다.

　그러나 그는 부인과의 불화가 점점 심화되어서 재산과 많은 책의 저작권을 포기하였는데, 이 문제로 두 사람 사이엔 분쟁이 끊이지 않았다. 이런 가정사의 모순 해결을 위해 가출을 결행했던 그는, 1910년 가출한 그해 병을 얻어 현재 페르 톨스토이 역이 되어 있는 아스타포보의 역사에서 82세의 나이로 사망하였다.

　톨스토이는 그의 작품에서 드러나듯이 그는 자신의 세계관과 예술에서 특히 종교적 신념과 인간성 그리고 모순으로 고민하면서 이 모순을 극복하기 위하여 일생 동안 격렬한 투쟁을 계속했던 문학가이다.

톨스토이 자신이 명문 백작 가문에서 출생했지만 러시아 사회의 처절한 현실에 깊은 양심의 가책을 느끼고, 지주들은 그들의 특권에 대해서 민중에게 보상해야 할 의무가 있다고 생각하였는데, 이러한 그의 생각들은 그의 작품들에 잘 형상화되어 있다. 평생 사회의 부조리와 자신과의 싸움을 작품 속에서 그렸던 그의 열정은 그의 삶이었으며 그의 작품 그 자체였다.

춘원 이광수의 말처럼 '그는 예술가가 본령이 아니고 악을 분쇄하여 지상에 인류의 이상향을 세우는 것을 본령'으로 삼았던 것이다.

작품 줄거리 및 해설

톨스토이는 1870년대 후반기에 『참회』에서 고백하고 있는 것과 같은 정신적 고뇌를 경험한 뒤, 위대한 대지주에서 위대한 농부로의 전환을 보여 주었다. 톨스토이의 전환에 대한 풍문이 나돌자 올바른 생활에 뜻을 두고 있던 사람들이 그의 주위에 모여들었는데, 이러한 사람들과의 교제가 민중에게 봉사하려는 그의 마음을 더욱 확고히 해 주었다. 이렇게 톨스토이는 민중을 위하여 무언가를 하기 위해 노력

했는데, 이러한 과정 속에서 그의 민화가 탄생하게 되었다.

톨스토이는 특히 복음서의 진리를 일반 대중이 쉽게 흡수하도록 단순하고 간결하며 정확한 말로 표현한, 주옥 같은 일련의 민화를 많이 썼다. 그 대표작이 『사람은 무엇으로 사는가』(1881)이다. 이 작품은 톨스토이의 민화 가운데 첫 작품으로 예부터 러시아에 전해 내려오는 국민 전설의 하나가 이 작품의 토대가 되었다. '사람은 무엇으로 사는가' 라는 문제를 가난한 구둣방 부부와 천사에 결부시켜, 그 생활의 추이에 따라 이야기를 진행하는 것으로 어디까지나 톨스토이 자신의 창작이라고 보아도 무방할 것이다.

또한 『바보 이반』 역시 손꼽히는 민화이다. 이 이야기는 러시아에 옛날부터 전해 내려오는 민간 전설을 줄거리로 하여 여러 가지 다른 이야기를 보충한 것이다. 결국 이반의 그 한량없는 선량함에 의하여 행복을 얻는다는 것으로 매듭을 지었지만, 그러한 의미에서 '바보 이반' 은 러시아의 국민적 주인공이 되었다.

『인간에게 얼마나 많은 땅이 필요한가』 역시 톨스토이 민화 중 대표작이다. 사람의 물질에 대한 욕망은 얼마나 끝이 없는가? 그리고 그것이 인간 생활에 얼마나 무서운 해를 끼치는가를 절실하게 느끼게 하는 작품이다.

『무엇 때문에』는 막시모프의 저작인 『시베리아와 유형』에서 영감을 얻어서 저술한 작품이다. 멜로 드라마적인 사건의 흐름 밑바닥에서 작자는 쉴새없이 나타나서 '무엇 때문에?', '무엇 때문에?' 라고 속삭이고 있다.

　이러한 일련의 작품들은 톨스토이의 순전한 창작이 아닌 것이 많다. 그 대부분이 전설이나 민화를 소재로 한 것이기 때문이다. 따라서 그의 민화에 해당하는 작품들은 전설이나 민화를 개작한 작품이라고 해도 과언이 아니다. 그러나 그것을 개작함에 있어서 예술가로서의 비범한 능력이 충분히 발휘되고 있을 뿐만 아니라, 거기에는 톨스토이가 전 생애를 걸쳐 고뇌로써 터득한 심오한 진리가 내재해 있기 때문에 단순한 개작으로 치부하기는 곤란하다. 이러한 작품들이 민중의 가슴을 울렸다는 것은 톨스토이의 재능을 다시 한번 입증해 주는 것이다.

　그는 자신의 예술관을 『예술이란 무엇인가』라는 작품에서 밝히고 있는데, 그러한 그의 예술관은 민화 · 우화 · 동화 · 전설 등의 형식으로 형상화되었다. 톨스토이는 이처럼 민중에게 가장 친숙한 장르를 선택하여 자신의 사상과 종교가 어떤 것인가를 보여 주고 있는 것이다.

작가 연보

1828년   8월 28일, 톨스토이 백작 집안의 넷째 아들로 야스나
               야 폴랴나에서 태어남.

1830년(2세)   8월 7일, 어머니 마리야 니콜라예브나가 여동생 마리
               야를 낳은 후 사망함.

1836년(8세)   톨스토이 집안이 모스크바로 이사함.

1837년(9세)   6월 21일, 아버지가 거리에서 뇌출혈로 급사함. 그
               후 숙모인 오스텐 사켄 부인이 아이들의 후견인이
               됨.

1841년(13세)   가을, 후견인인 숙모가 죽자 톨스토이는 세 형들과
               함께 카잔에 살고 있는 펠라게야 일리이치나 유시코
               바 고모 댁으로 감.

1844년(16세)   9월 20일, 카잔 대학에 입학함.

1847년(19세)   카잔 대학을 중퇴하고, 고향인 야스나야 폴랴나로 돌
               아가 새로운 농업 경영 및 소작인의 계몽과 생활 개
               선에 노력했으나, 농노 제도 사회에서 그의 이상은
               실현되지 못함.

1848년(20세)   페테르스부르크 대학의 학사 시험에 합격하여, 법학
               사의 칭호를 받음. 이때부터 23세까지 주색에 빠져

방탕 생활을 계속함.

1851년(23세) 5월, 맏형이 있는 포병대에 사관 후보생으로 입대함.

1852년(24세) 군무에 종사하면서 3월 17일 단편 『침입』을 쓰기 시작함. 6월, 『유년 시절』을 탈고함. 네크라소프의 인정을 받아 그가 주재하는 잡지 《현대인》에 익명으로 9월부터 연재, 작가로서 첫발을 내딛게 됨. 9월, 중편 『지주의 아침』을 쓰기 시작함. 12월, 『침입』을 완성함. 중편 『카자흐 사람들』을 쓰기 시작함.

1853년(25세) 『크리스마스의 밤』, 『소년 시절』, 『나무를 베다』, 『득점 계산자와 수기』를 쓰기 시작함.

1854년(26세) 3월 다뉴브 파견군에 종군하고, 크리미아 군으로 옮겨 세바스토폴 전투에 참가함. 『소년 시대』, 『러시아 군인은 어떻게 죽는가』를 발표함.

1855년(27세) 『청년 시절』을 쓰기 시작함. 11월 페테르스부르크로 돌아가 투르게네프, 곤차로프 등 《현대인》 동인들의 환영을 받음. 『득점 계산자와 수기』, 『12월의 세바스토폴리 이야기』, 『5월의 세바스토폴리 이야기』, 『나무를 베다』를 완성함.

1856년(28세) 3월, 셋째 형 사망함. 11월 제대함. 『1855년 3월의 세바스토폴리』, 『눈보라』, 『두 경기병』, 『지주의 아침』을 완성함.

1857년(29세)   1월, 유럽으로 여행을 떠나 7월에 귀국함. 야스나야 폴랴나에서 농사를 지으며 살았음. 『류체른』, 『알베르트』, 『청년 시대』를 씀.

1859년(31세)   농민의 아이들을 위하여 야스나야 폴랴나에 학교를 설립함. 『세 죽음』, 『결혼의 행복』을 씀.

1860년(32세)   교육에 깊은 관심을 갖고 『국민 교육론』을 기초함. 9월, 맏형이 사망하여 몹시 슬퍼함. 『폴리쿠시카』를 쓰기 시작함.

1861년(33세)   유럽 여러 나라의 교육 시설을 시찰하고 4월에 귀국함. 교육에 관한 많은 논문을 기초함. 이때 투르게네프와의 불화가 절정에 이름.

1862년(34세)   9월 시의(侍醫) 베르스의 둘째 딸 소피야 안드레예브나(당시 18세)와 결혼함. 『꿈』, 『목가』를 씀.

1863년(35세)   6월, 맏아들이 태어남. 『진보와 교육의 정의』, 『카자흐』, 『폴리쿠시카』를 발표함. 『12월당』을 집필하기 시작함. 『전쟁과 평화』 집필을 위해 나폴레옹 전쟁 시대에 대해 연구하기 시작함.

1864년(36세)   9월, 맏딸이 태어남. 『전쟁과 평화』에 착수함. 『톨스토이 저작집』 제1·2권이 간행됨.

1865년(37세)   『전쟁과 평화』의 첫 부분을 《러시아 통보》에 실음.

1866년(38세)   『니힐리스트』, 『전쟁과 평화』 제2편을 발표함. 5월,

둘째 아들이 태어남.

1867년(39세) 가을, 『전쟁과 평화』의 집필을 위해 모스크바로 감.
『전쟁과 평화』 전 3권 초판을 간행함.

1872년(44세) 『초등 교과서』, 『카프카스의 포로』, 『신은 진실을 놓
치지 않는다』, 『표트르 1세』를 씀. 농민 자녀들의 교
육을 위한 사숙을 저택 안에 마련함.

1873년(45세) 3월, 『안나 카레니나』에 착수함. 『톨스토이 저작집』
제1권부터 8권까지 출판함.

1875년(47세) 『안나 카레리나』를 《러시아통보》에 연재하기 시작
함.

1877년(49세) 『안나 카레니나』를 완성함.

1878년(50세) 투르게네프와 화해함. 5월, 『최초의 기억』을 쓰기 시
작함. 『참회』를 집필함.

1879년(51세) 『참회』의 첫 부분을 발표하여 러시아 내에서는 금지
되었으나 집필을 계속함. 장편 『12월당』은 완성시키
지 못한 채 단념함.

1880년(52세) 『교의 신학 비판』을 씀.

1881년(53세) 『사람은 무엇으로 사는가』, 『요약 복음서』를 간행함.

1882년(54세) 모스크바의 미세조사에 참가하여 빈민들의 생활상
을 보고 괴로워함. 『참회』를 완성하여 《러시아 사상》
에 발표, 발행이 금지됨.

1884년(56세) 『나의 종교』를 발표하였으나 발행 금지됨. 『광인의 수기』, 『그러면 우리는 무엇을 할 것인가』를 쓰기 시작함.

1885년(57세) 헨리 조지의 『토지 국유론』을 읽고 깊은 감명을 받아 사유재산을 부정함으로써 아내와 의견이 대립됨. 그 결과 모든 저작권을 아내에게 양도함. 『그러면 우리는 무엇을 할 것인가』를 출판함. 『이반 일리이치의 죽음』을 쓰기 시작함. 민화 『악마의 행위는 아름답고 신의 행위는 견실하다』, 『두 형제와 황금』, 『소녀는 늙은이보다도 현명하다』, 『불을 소홀히 하면』, 『사랑이 있는 곳에 신이 있다』, 『촛불』, 『두 노인』, 『바보 이반』을 씀.

1886년(58세) 『인생론』을 쓰기 시작함. 10월, 희곡 『어둠의 힘』이 발행 및 상연 금지되었으나, 곧 금지가 취소됨. 『이반 일리이치의 죽음』을 출판함. 민화 『작은 악마가 빵을 갚은 이야기』, 『회개하는 죄인』, 『인간에게 얼마나 많은 땅이 필요한가』, 『세 은둔자』, 『달걀만한 낟알』을 씀.

1887년(59세) 『인생론』을 발간했으나 발행 금지됨. 『빛이 있는 동안에 빛 속을 걸어라』, 『숲의 시작』, 『예멜리얀과 북』, 『세 아들』을 씀.

1888년(60세)   막내아들이 태어남. 『고골리론』에 착수함.

1889년(61세)   희곡 『문명의 열매』, 『예술이란 무엇인가』를 쓰기 시
               작함. 『크로이체르 소나타』, 『악마』 등을 씀.

1890년(62세)   『신을 섬겨야 하는가, 혹은 황금을 섬겨야 하는가』,
               『빵가게 주인 표트르』 등을 쓰기 시작함.

1891년(63세)   아내 소피야가 발행 금지되었던 『크로이체르 소나
               타』의 출간 허가를 얻어냄. 『니콜라이 파르킨』을 제
               노바에서 출판함. 이해 중앙아시아와 동남아시아에
               걸쳐 기근이 일어나자 농민 구제를 위해 활약함. 『신
               의 왕국은 그대들 속에 있다』를 쓰기 시작함.

1893년(65세)   『무위』를 《러시아 통보》에 발표. 『노자』의 번역에 몰
               두함. 『기독교와 애국심』, 『부끄러워하라』 등을 씀.

1894년(66세)   모스크바 심리학회의 명예회원으로 뽑힘. 『주인과
               하인』을 쓰기 시작함.

1895년(67세)   『주인과 하인』을 탈고함. 『세 우화』, 『12사도에 의하
               여 전해진 왕의 가르침』을 씀.

1897년(69세)   3월, 병상에 있는 모스크바의 체호프를 방문함. 『예
               술이란 무엇인가』를 출판함. 『하지 무라드』, 『헨리
               조지의 사상』, 『국가와의 관계』를 씀.

1898년(70세)   두호브로 교도를 돕기 위한 자금 마련을 위해 『부활』
               을 완성하기로 결심함. 『신부 세르게이』를 완성함.

『종교와 도덕』, 『기근이란 무엇인가』 등을 씀.

1899년(71세) 『부활』을 발표하여 주목을 받음.

1890년(72세) 1월, 아카데미 예술회원으로 뽑힘. 희곡 『산 송장』,
『애국심과 정부』, 『죽이지 말라』 등을 씀.

1901년(73세) 그리스 정교에서 파문됨. 9월, 크리미아에서 장티푸
스와 폐렴으로 중태에 빠짐.

1902년(74세) 『지옥의 부흥』, 『종교론』을 씀.

1903년(75세) 1월, 『유년 시절의 추억』을 집필하기 시작함. 단편
『무도회가 끝난 뒤』를 탈고함. 9월, 『셰익스피어론』
을 집필함. 『노동과 병과 죽음』, 『아시리아 왕 아살히
돈』, 『세 가지 의문』 등을 씀.

1904년(76세) 6월, 『유년 시절의 추억』을 탈고. 『해리슨과 무저항』,
『과연 그렇지 않으면 안 되는가』, 『하지 무라드』를
출판함.

1905년(77세) 『알료샤 고르쇼크』, 『기도』, 『세기의 종말』 등을 씀.

1906년(78세) 『셰익스피어론』을 《러시아의 말》에 실음. 『유년 시
절의 추억』, 『신의 행위와 사람의 행위』, 『러시아 혁
명의 의의』, 『파스칼』 등을 씀.

1909년(81세) 탄생 80주년 기념 톨스토이 박람회가 페테르스부르
크에서 열림. 『피하기 어려운 대변혁』, 『세상에 죄인
은 없다』, 『고골리론』 등을 발행함.

1910년(82세)   10월 28일 새벽, 아내에게 마지막 글을 써놓고 집을
나감. 10월 31일 여행 중 병이 들어 랴잔 우랄선 중간
의 시골 조그만 역 아스타포보에서 내림. 11월 7일에
역장 집에서 생을 마감함. 11월 9일 야스나야 폴랴나
에 묻힘.